Leere Tage

51°25'13.1"N 6°46'21.2"E

Heinrich Peuckmann

Leere Tage

51°25'13.1"N 6°46'21.2"E

Roman

assoverlag

1

Sie hatten die gesamte Fahrt über keinen Sitzplatz gefunden, denn der Zug war überfüllt gewesen. Bei jedem Stopp war das Gedrängel größer geworden, eingequetscht hatten sie im Gang gestanden, Karla dicht an ihn gelehnt, während er sich an der Rückenlehne eines Sitzes festgehalten hatte. Am Hauptbahnhof in Duisburg hatte er für einen Moment das Gefühl gehabt, dass sie gar nicht rauskommen würden, so voll war der Bahnsteig gewesen. Mengen an jungen Leuten hatten sich zu den Treppen geschoben, die meisten in T-Shirts, einige von ihnen hatten rot oder gelb gefärbte Haare. Nur wenige ältere Leute waren dazwischen gewesen, eine Frau mir schwerer Einkaufstasche, die sich misstrauisch umschaute, weil ihr die Leute nicht geheuer waren, ein etwa vierzigjähriger Mann, der einen Rolli hinter sich herzog und immer wieder stecken blieb im Trubel. Sven hatte darauf geachtet, Karla nicht zu verlieren, denn sie war ausgelassen gewesen, hatte schon den ganzen Tag über Vorfreude versprüht, die nach und nach auch ihn erfasst hatte.

Karla wollte tanzen, wollte nichts anderes als sich tragen lassen von der Musik und dem hämmernden Rhythmus folgen. Im Zug war es nicht möglich gewesen, sich zu bewegen, aber jetzt wollte Karla es nachholen, wollte bei jeder kleinen Lücke mit den Hüften wippen, wollte ihren Körper spüren, wie sie das nannte, und sich mitreißen lassen.

Einmal hätte er sie fast verloren. Da hatten sich ein paar Jungen zwischen ihm und Karla gedrängt und ihr war nicht einmal aufgefallen, dass er zurück blieb. Nach ihr zu rufen hätte nichts gebracht, viel zu viele Leute riefen, grölten oder sangen irgendwas. Nein, er musste sich durchkämpfen zu ihr, musste andere beiseite schieben, rücksichtslos, bis er sie wieder zu fassen bekam. Ja, in dem Moment hatte er es geschafft und sie festgehalten. Sie hatte gelacht, als sie den Druck seiner Hand an ihrem Arm spürte, und er hatte ebenfalls lachen müssen.

»Pass doch auf, ich will dich nicht verlieren.«

Genau das war es gewesen, was er gesagt hatte und erst viel später war ihm der tragische Sinn dieses Satzes aufgefallen. Ich will dich nicht verlieren …

Als sie die Treppe hinunter gegangen waren, hatte sich die Menge verteilt. Es hatte Platz genug gegeben, um seinen Arm um ihre Schulter zu legen, und er hatte gespürt, wie sie sich bei jedem Schritt in den Hüften wiegte, geradeso, als könnte sie schon die Musik hören, wegen der sie gekommen waren. In dem Moment hatte es ihm gefallen, dass sie hier waren. Ja, er war immer so zögerlich und brauchte lange, bis er sich für eine Sache entscheiden konnte, Karla dagegen war ganz anders. Sie konnte sich schnell für eine Sache begeistern, aber jetzt hatte die Begeisterung auch ihn erfasst.

»Die Loveparade muss man mal gesehen haben. Davon kann man noch den eigenen Kindern erzählen.«

»Unseren Kindern?«

»Du deinen und ich meinen.«

Er hatte sie fragend angesehen, während sie das sagte.

»Na gut, vielleicht auch unseren gemeinsamen.«

Es war ein Satz, der ihm immer einen Stich ins Herz versetzte, wenn er an ihn dachte. Unseren gemeinsamen.

Das Festgelände befand sich direkt neben dem Bahnhof. Sie mussten also nicht weit laufen, nur eine Rampe hinunter, unter eine Unterführung hindurch, dann wieder eine Rampe hoch und schon waren sie da. Nichts, das Anlass zur Sorge geben könnte, so dass er sich über den Weg dorthin überhaupt keinen Gedanken gemacht hatte. Im Gegenteil, er hatte es gut gefunden, dass sie nur unter der Unterführung durch mussten. Sie würden schnell da sein und ebenso schnell wieder zurück.

Während sie sich dem Festplatz näherten, wurde das Gedränge größer. Von hinten wurde geschoben, nach vorn hin staute es sich, aber sie kamen voran, Schrittchen für Schrittchen. Karla schien gar nicht zu bemerken, wie sich die Masse zusammen schob, wie der Druck von allen Seiten wuchs.

»Freust du dich?«, hatte sie gerufen, und obwohl sie nur einen halben Meter von ihm entfernt stand, hatte er Mühe gehabt, ihre Stimme zu verstehen. Ja, er hatte sich gefreut, verdammt noch mal, das hatte er.

Aus der Ferne war schon die Musik zu hören gewesen, der hämmernde Rhythmus der Bässe, zwischendurch immer wieder Fetzen von Gesang. Sie hatten begonnen, den Rhythmus aufzunehmen, in den Beinen zu wippen und sich gefreut, dass es sie nun den ganzen Tag begleiten sollte.

Wann, musste er später immer wieder denken, wann hätte er ahnen müssen, dass er sich gar nicht freuen durfte, dass die Gefahr nicht mehr anrollte, sondern längst da war. Aber er hatte sie nicht gespürt, diese Gefahr, und Karla schon gar nicht. Auch die anderen um ihn herum schienen zu glauben, dass es ein kurzfristiger Stau wäre, der sich jeden Moment auflösen könnte. Gespannte Erwartung, Vorfreude war in den Gesichtern zu lesen gewesen. Bei den Rufen war es nur darum gegangen, den Kontakt nicht zu verlieren und Hinweise zu geben, ob sich vor ihnen nicht endlich der Knoten löste.

Sie waren langsam in die Unterführung gedrückt worden, und erst, als sich gar nichts mehr rührte, als der Stillstand komplett war, waren die ersten noch vor der Unterführung an den Seiten ausgebrochen, an einer Stange hochgeklettert oder auf eine Treppe an der Seitenwand gestiegen und hatten sich von Ordnern hoch ziehen lassen. Ein Mann von etwa vierzig hatte sich verzweifelt an dem Geländer der Treppe festgeklammert und gehofft, dass die Ordner ihn endlich darüber ziehen konnten. Ein paar Mal war es misslungen, dann endlich hatte er auf der Treppe gestanden, tief durchatmend. Noch einmal hatte er nach unten geblickt, Erleichterung im Gesicht, dann war er langsam die Treppe hinauf gestiegen.

Was hatte Sven gedacht in dem Moment? Dass es blöd war, so kurz vor dem Ziel aufzugeben? Oder dass es besser wäre, sich auch hochziehen zu lassen? Er wusste es nicht mehr. Es war auch egal gewesen, sie wären sowieso nicht bis an den Rand gekommen. Sie hatten mittendrin gestanden und hätten auch nicht mehr zurück gekonnt, weil der Druck von hinten immer stärker geworden war.

Sven hatte bemerkt, dass es in der Mitte des Tunnels, etwa in Höhe der Aufgangsrampe, eine Reihe von Polizisten gab, die die Menge aufstaute. Warum taten sie das, was wollten sie damit bewirken? Merkten sie nicht, dass sie einen immer stärker werdenden Druck erzeugten?

Karla hatte zu diesem Zeitpunkt noch immer gelächelt, aber von einem Moment zum anderen waren die Grübchen in ihrem Gesicht, die er so liebte, verschwunden. Ratlosigkeit sprach plötzlich aus ihren Augen, als sie ihn ansah. Bleib bei mir. Er glaubte zu sehen, was sie in dem Moment dachte.

Dann kam der Druck einer Welle so gewaltig von hinten, dass der Kopf eines Mädchens gegen Svens Schulter gepresst wurde. So fest wurde ihr Gesicht gegen sein T-Shirt gedrückt, dass das Mädchen nicht einmal rufen oder stöhnen konnte. Sven konnte gar nicht anders als den Druck nach vorn weiterzugeben. Spitze Schreie ertönten, Gekreische. Ob Karla auch geschrieen hatte, konnte er nicht feststellen.

Dann wurde sie zum ersten Mal von ihm weggedrängt, weil die nächste Welle diesmal nicht von hinten, sondern von der Seite kam. Drei, vier Jungen wurden zwischen ihn und Karla geschoben. Jetzt kreischte sie wirklich, streckte mit weit aufgerissenen Augen ihre Hand nach ihm aus, und er bekam sie zu fassen, weil einer der Jungen sich zur Seite beugte. Er zog, er zerrte, sie kamen sich wieder näher, und er atmete auf. Aber das letzte Stückchen, dieses verdammte letzte Stückchen, das sie wieder zusammengebracht hätte, schaffte er nicht, denn in diesem Moment gab es den nächsten Stoß. Karla wurde weggedrückt, sie konnte seine Hand nicht mehr halten, ihr Mund stand offen, aber er konnte nichts hören. Es war eine Welle, die sie nicht nur von ihm fortriss, sondern die sie kleiner machte, immer kleiner, bis er begriff, dass sie dabei war, überrollt zu werden.

Karla! Wie oft hatte er seither ihren Namen gerufen? Karla! Wie oft hatte er ihn damals gerufen? Er sah ihren nach rechts gedrückten Kopf, sah die Hand, die sie ihm entgegen streckte, konnte sich aber nicht weiter vorbeugen, ohne selbst das Gleichgewicht zu verlieren und in der Welle zu versinken. Er sah sie noch, sah sie noch immer. Konnte nicht eine andere Welle sie wieder hochspülen, konnte sie ihr nicht das Gleichgewicht zurückgeben, das helfen würde, nicht in der Flut zu versinken? Aber sie sank, er sah noch ihren Kopf, ihre Augen, ihre Haare, danach nur noch die ausgestreckte Hand und dann nichts mehr von ihr.

Für einen Moment glaubte er, dass es totenstill geworden wäre, aber das war eine Täuschung gewesen. Er reckte den Kopf hoch, wollte sehen, ob er sie nicht noch mal entdecken konnte, stützte sich für einen Moment auf die Schulter seines Vordermanns, um größer zu werden, aber der Junge schüttelte ihn sofort ab aus Angst, niedergedrückt zu werden und selber zu versinken.

Dann sah er, dass immer mehr Menschen in der Flut versanken, dass manche von Freunden hochgerissen wurden und sie es wirklich schafften, ihr Gleichgewicht wieder zu finden, während andere nach kurzem Auftauchen erneut versanken.

Karla blieb verschwunden. Er wollte sich hindrängen zu dem Ort, wo sie versunken war, wollte sie hochreißen, aber er kam nicht von der Stelle, alle um ihn herum dachten jetzt nur noch an sich und ließen niemanden vorbei.

Er hatte nicht vergessen, was er in den Sekunden gedacht hatte. Noch lebt sie, hatte er gedacht, noch hat die Welle sie nicht erstickt, noch könnte ich sie rausreißen aus der Flut. Wild hatte er sich aufgebäumt und sich doch keinen Zentimeter zu ihr hindrängen können.

Jetzt ringt sie um ihren letzten Atem, jetzt treten irgendwelche Füße sie endgültig in den Dreck, jetzt liegt sie hilflos am Boden. Niemand, das wusste er, würde bei seinen Schritten darauf achten, was sich unter seinen Schuhen befand.

Er selber schaffte es später nicht, spürte einmal einen weichen Körper und zog sein Bein schnell zurück, nur um nach einem Stoß noch einmal darauf zu treten. Jetzt sogar noch heftiger, weil er drohte, selber das Gleichgewicht zu verlieren.

Es blieb dabei. Karla war untergegangen. Sie war versunken in der Flut.

2 Er träumte immer wieder von dieser Szene. Dann sah er, wie Karla aus der Menge heraus ihre Hand nach ihm ausstreckte und wie er danach griff. Manchmal erreichte er sie nicht, so heftig er auch andrängte gegen die Leute, die ihm den Weg versperrten. Manchmal bekam er sie doch zu fassen, dann zog er, riss und zerrte so fest er konnte. Aber es wollte ihm nicht gelingen, sie an sich heranzuziehen. Immer weiter wurde sie abgedrängt, immer mehr musste er sich vorbeugen, um ihre Hand zu halten. Zum Schluss machte er dann immer noch einen Versuch, riss mit aller Kraft und … wachte auf.

Schweißnass saß er nach diesem Traum auf der Bettkante, das Gesicht in die Hände vergraben. Ach, wenn er sie doch fassen könnte, einmal nur, im Traum, nein, in der Wirklichkeit, wenn es doch geklappt hätte damals. Er wusste, er hätte sie niemals mehr losgelassen. Er hätte sie zurückgezogen ins Leben, ganz sicher hätte er das.

In dieser Nacht hatte er beides geträumt. Wie seine Hand nicht an ihre heranreichte, so sehr er sich auch anstrengte, wie er sie dann doch erreichte und wie sie ihm wieder entglitt. Er wusste nicht, wie beide Träume zusammenhingen, wie es möglich war, sie einmal zu fassen und einmal nicht. Lange saß er auf seiner Bettkante, bis er sich erhob.

Es war schon kurz vor zehn, als er ins Bad ging, den Plastikvorhang zur Seite schob und sich unter die Dusche stellte. Wegen der Rostflecke in der Duschwanne stellte er sich genau in die Mitte, wo die Emaille unbeschädigt war. Eigentlich hatte ihn der Rost nie gestört, aber Karla hatte sich davor geekelt. Je länger sie nicht mehr da war, desto mehr folgte er ihr bis in kleinste Verhaltensweisen.

Er schäumte sich zunächst nicht ein, sondern ließ das Wasser minutenlang über sein Gesicht laufen, als könnte er damit etwas abspülen. Als würde dann, wenn er es lang genug täte, ein anderer aus ihm heraustreten, dessen Leben er lieber führen würde, hoffte er. Er erhöhte den Wasserdruck, spürte die Nadelstiche in seinem Gesicht, aber es wurde nichts abgespült.

Beim Frühstück saß er immer gern am Fenster und blickte nach draußen. So konnte er am besten seinen Gedanken nachhängen. Es war nicht viel los in Eving, nur wenige Passanten liefen vorbei, obwohl es ein warmer, sonniger Tag war, der dazu verlockte, nach draußen zu gehen. In dem lang gezogenen Mietshaus gegenüber wohnten hauptsächlich ältere Leute, er kannte keinen von ihnen. Dahinter blickte er auf das Heisenberggymnasium, den Stolz des tristen Stadtteils. An dunklen Tagen, wenn in den Klassenräumen Licht brannte, konnte er die Köpfe der Schüler erkennen. Das Gerede der Leute über die Schule war nur schwer erträglich.

Oh, wir haben aber noch das Gymnasium. Ja, unser Gymnasium ist noch da. Immer seltener konnte er das, was er brauchte, in Eving kaufen, immer häufiger musste er in die Innenstadt fahren, weil wieder ein Geschäft geschlossen worden war. Der Stadtteil soff ab, aber die Leute waren stolz auf diesen Kasten. Egal, sollten sie es, es ging ihn nichts an.

Im Kühlschrank hatte er noch Marmelade und ein paar Scheiben Wurst, dazu drei Dosen Bier. Neben dem Kühlschrank stand ein fast leerer Kasten Mineralwasser. Im Portemonnaie, das wusste er, hatte er noch etwas über zwanzig Euro. In der Zuckerdose in der Geschirrablage, in seiner eisernen Reserve, lagen vierzig, auf seinem Konto befand sich noch etwas, aber er wollte nicht vom Ersparten leben. Das Geld brauchte er für die Miete, monatlich wurde es abgebucht. Vor allem seine Eltern sorgten dafür, dass immer noch was auf dem Konto war. Genauer gesagt war es seine Mutter, ihretwegen bekam er regelmäßig Geld. Aber wenn er nichts dazu verdiente, wurde es trotzdem knapp.

Er seufzte und trank einen Schluck Kaffee. Die Kaffeevorräte, hatte er beim Anstellen des Automaten festgestellt, gingen auch zur Neige. Er musste unbedingt Geld verdienen. Aber dazu fehlte ihm jeder Antrieb. Er schaffte es einfach nicht, sich aufzuraffen. Genauso, wie er schon lange nicht mehr zur Uni gegangen war. Sozialarbeit an der Fachhochschule Dortmund, fünftes Semester. Es fehlten ihm noch die Scheine in Erziehungspsychologie und Gesundheitswesen. Dort waren gerade Semesterferien. Aber das war nicht die ganze Erklärung, er sollte sich nichts vormachen. Er war schon während des Semesters nicht mehr hingegangen.

Er blickte auf die Uhr, es war halb elf. Jetzt war es sowieso zu spät für seinen Kellnerjob am Alten Markt. Wenn, dann hätte er spätestens um zehn Uhr da sein müssen. Obwohl … er gab sich einen Ruck. Alex müsste ihm helfen. Alex war sprunghaft, ihm war jede Reaktion zuzutrauen. Er konnte seine Bitte eiskalt ablehnen, er konnte ihn vielleicht sogar dabei beschimpfen oder ihn mit Lächeln begrüßen und sagen: »Na, da bist du ja endlich.« Ja, bei Alex war alles möglich. Aber letztlich hatte er sich immer auf ihn verlassen können, wie Alex sich umgekehrt auf ihn verlassen konnte. Sie waren Freunde.

Fatih gehörte noch dazu, aber den hatte er seit Karlas Tod selten gesehen. Fatih schrieb an seiner Examensarbeit in Wirtschaftswissenschaften und ließ sich ungern stören. Er hatte Ehrgeiz, er wollte etwas erreichen und seinen Platz in der Gesellschaft finden. Vielleicht gerade deshalb, weil er Türke war. Sven fand die Einstellung gut und versuchte, selber so zu handeln, bis er nach Karlas Tod den Faden verlor und ihm Fatihs Ehrgeiz fremd wurde. Seitdem hatte er ihn nur noch zufällig gesehen und immer nur ein paar Worte mit ihm gewechselt.

Deshalb war er selbst überrascht, als er kurz darauf vor der Garderobe stand, sich die Lederjacke anzog und in den Spiegel schaute. Sein kantiges Kinn war unrasiert, die blonden Haare hingen ihm strähnig in die Stirn, seine blauen Augen wirkten müde.

Es war ihm egal, wie er aussah, etwas anderes bewegte ihn. Würde er wirklich losfahren in die Stadt? Würde er wirklich versuchen, Alex zu bequatschen, dass er ihm den Job wiedergab, den er selber aufgegeben hatte? Er fragte es sich wie er einen Fremden gefragt hätte, auf dessen Antwort er gespannt war und staunte noch, als er längst die Treppen hinunter gelaufen war und die Straße entlang ging Richtung Kreuzung, wo sich die große S-Bahnhaltestelle befand. Ja, er würde es tun, er war schon auf dem Weg dorthin.

Es war warm, die Jacke war also überflüssig. Einen Moment lang überlegte er, ob er sie zurück bringen sollte, aber er traute sich selbst nicht und lief weiter. Wenn er erst mal wieder in seiner Wohnung wäre …

Anfangs begleiteten eine Reihe Bäume und Büsche auf der linken Seite seine Fahrt. Grün wirkte Dortmund hier, aber er wusste, dass der Eindruck täuschte. Direkt hinter dem Grünstreifen lag ein großes Logistikzentrum. Immerhin, der Anblick bewirkte, dass Sven sich meistens auf einen Platz links in der S-Bahn setzte, während er rechts nur den Blick auf eine große Tankstelle mit Waschanlage hätte. Dann kamen sie an der Fischsiedlung vorbei. Fischsiedlung, weil hier alle Straßen nach Fischen benannt waren. Karpfen-, Stichlings-, Hechtweg, Sven wunderte sich immer wieder. Lachse und Forellen am Rand der Innenstadt, wer war auf diese verschrobene Idee gekommen?

Anschließend unterquerten sie die Eisenbahn, links lag jetzt das Gelände des längst abgebauten Stahlwerks, auf dem samstags ein bekannter Polenmarkt stattfand. Karla hatte dort gerne gestöbert, weil es allen möglichen Krimskrams gab, und billig noch dazu. Dann kamen sie an Hornbacher vorbei, wo bis vor kurzem der Straßenstrich gewesen war. Vor allem bulgarische Frauen hatten sich hier angeboten, bereit zu allem für weniger als zehn Euro. Die Stadt hatte den Strich schließlich geschlossen. Sven hatte immer hinüber geschaut, wenn er hier vorbei kam. Nicht wegen der halb bekleideten Frauen, sondern weil er denken musste, dass dies sein künftiger Arbeitsplatz sein könnte. Sozialarbeiter für den Straßenstrich, er hatte sich nicht wohl gefühlt bei dem Gedanken.

In der Ferne tauchte jetzt Reinoldi auf und seine Unsicherheit war plötzlich wieder da. Sollte er wirklich zu Alex gehen? Der Inhaber des Straßenbistros würde nicht da sein, wie meistens. Er überließ die Einteilung der Kellner gerne einem Mitarbeiter, zuletzt war es Alex gewesen, weil er noch ein weiteres Bistro in Castrop hatte. Der könnte also nicht meckern, dass Sven unzuverlässig war. Aber wie wollte er Alex erklären, warum er sich lange nicht gemeldet hatte und plötzlich doch wieder erschien.

Bei Reinoldi stieg er aus, sah die Dönerbude im Schatten der Kirche und hatte plötzlich Hunger. Wenn Alex ihn nehmen würde, hätte er stundenlang keine Zeit, etwas zu essen. Außerdem merkte er selbst, dass er einen Vorwand suchte, um Zeit zu gewinnen. Mit dem Döner in der Hand schlenderte er zum Alten Markt.

Egal jetzt, sollte Alex doch meckern, redete er sich ein, der würde sich schon wieder beruhigen. Hauptsache, er würde ihn nehmen.

Als er sich näherte, sah er, dass die Hälfte der Außentische besetzt war. Die Sonne stand hoch am Himmel, überall waren Schirme aufgespannt. Es war Silke, die an den Außentischen bediente. Mit ihr hatte er bisher am wenigsten zu tun gehabt. Sie war ein ganz anderer Typ als Karla, hatte schwarze Haare, war klein, fast drall und verdiente sich genau wie er das Geld für ein Studium. Aber was sie studierte, wusste er nicht. Es interessierte ihn auch nicht, sie war manchmal zickig. Dann versuchte sie, sich aufzuspielen und so zu tun, als hätte sie etwas zu sagen. Wenn sie draußen bediente, machte folglich Alex die Theke, also musste er reingehen, um ihn zu fragen. Es wäre ihm lieber gewesen, er hätte ihn draußen abfangen können.

Alex spülte gerade ein paar Gläser, als er das Lokal betrat und tat so, als würde er ihn nicht bemerken. Ein blödes Verhalten, fand Sven, denn es war klar, dass er sehr wohl gesehen hatte, wer auf ihn zukam.

Er hatte seine langen Haare wieder zu einem Zopf gebunden und trug ein langärmeliges Hemd, das seine Tattoos auf dem Unterarm verdeckte. Der Besitzer, der nur in Ausnahmefällen selber mal mitarbeitete, hatte es von Alex verlangt.

Sven stellte sich an die Theke, Alex spülte weiter. Na los, sag schon, was du hast, dachte Sven, lass ruhig den Dampf ab. Aber Alex sagte nichts, spülte weiter und tat so, als würde ihn nichts anderes interessieren. Es war ein Wettbewerb, der zwischen ihnen stattfand, merkte er. Wer zuerst etwas sagt, hat verloren.

»Meinst du, du kannst hier einfach so auftauchen, als wäre nichts gewesen?«, brummte Alex schließlich.

Sven schwieg.

»Meinst du, du kannst uns einfach so im Stich lassen, dann zurückkommen, wann es dir passt und so tun, als wäre nichts gewesen? Meinst du das?«

Alex wurde immer lauter, während er das sagte. Sven merkte, dass er die Situation komplett unterschätzt hatte. Er schwieg weiter. Was sollte er auch sagen, Alex hatte ja Recht.

»Nachdem du die letzten Schichten geschmissen hast, bist du gar nicht mehr eingeplant«, fuhr Alex fort. »Wozu auch? Du kommst ja doch nur, wann und wie es dir passt.«

Sven lehnte sich an die Theke und blickte an Alex vorbei nach draußen. Silke hatte gerade ein paar Bestellungen aufgenommen, jetzt kam sie zurück zur Theke. Hier drinnen saßen auch ein paar Leute, Sven fiel plötzlich auf, dass es niemanden gab, der sie bediente. Also machte Alex das mit? Spülen, Getränke vorbereiten und im Innenraum bedienen?

Alex schien seinen Blick bemerkt zu haben. »Ja, guck dich ruhig um. Dann siehst du ja, was hier los ist.«

In diesem Moment stellte Silke das Tablett mit schmutzigen Tassen und Gläsern auf die Spüle.

»Hey«, sagte sie, ohne sich weiter um ihn zu kümmern. »Wo sind die beiden Capuccino? Das Ehepaar draußen meckert schon.«

»So, meckern die? Ich meckere auch. Da drüben am Fenster sitzt ein Mann, der auch gleich meckert. Seit zehn Minuten wartet er darauf, dass endlich einer kommt und ihn bedient.«

Sven gab sich einen Ruck, ging einfach hinter die Theke und nahm sich eine Schürze.

»Wo soll ich bedienen? Drinnen oder draußen?«

Alex sah ihn mit offenem Mund an, Silke grinste.

»Übernimm den Job draußen«, sagte sie. »Ich bin kaputt und kann einen Moment Ruhe gebrauchen.«

Sven ließ sich von ihr erklären, wer was bestellt hatte. Dann griff er zu dem Tablett, das Alex vorbereitet hatte. Zwei Tassen Kaffee standen darauf, dazu ein Alsterwasser.

»Aber heute nur sechs Euro pro Stunde!«, rief Alex ihm nach.

Das war einer weniger als üblich. Klar, wer sich den restlichen Euro einstecken wollte. Soll er, dachte Sven, darauf kommt es jetzt auch nicht an. Jetzt, wo ich hier bin, will ich auch was verdienen. Es bleibt mir auch gar nichts anderes übrig.

Er fand schnell wieder rein in den Arbeitsrhythmus, trug die Getränke raus, nahm Bestellungen auf, kassierte. Er bekam mehr Trinkgeld als üblich, die Leute schienen gutgelaunt zu sein, der Sonnenschein zeigte Wirkung. Er warf das

Trinkgeld in eine Schachtel hinter der Theke. Dort wurde alles gesammelt, was sie bekamen, bei Schichtende teilten sie es unter sich auf.

Die Sonne wanderte langsam hinter das große Karstadtkaufhaus, immer mehr Tische standen im Schatten.

Als Sven irgendwann wieder raus kam, saß der Opa an einem der Tische. Obwohl es warm war, trug er seine leicht verschlissene braune Cordjacke, dazu eine gleichfarbige Hose und Sandalen, die er so liebte. Auf den ersten Blick sah er aus wie immer, aber Sven merkte, dass trotzdem etwas anders war. Der Opa war unrasiert. Bartstoppeln sprossen in seinem faltigen Gesicht.

»Opa, was machst du denn hier?« Er war wirklich überrascht.

»Ich wollte dich sehen. Du bist jetzt der einzige, den ich noch habe.«

Sven atmete tief durch. Jetzt, wo er ihn vor sich sah, merkte er, dass er sich vor dieser Begegnung gefürchtet hatte. Die Familie, alles für die Familie. Der Opa musste den Satz, den Sven ein paar Mal von ihm gehört hatte, gar nicht wiederholen, er fiel ihm auch so ein. Was sollte er tun, er hatte keine Zeit für Gespräche. Es war immer noch Mittagspause. Die Leute kamen, um schnell etwas zu trinken und ein Baguette zu essen. Er musste sich beeilen mit dem Bedienen.

»Was willst du trinken, Opa? Du bist mein Gast.«

»Nein, nein, ich bezahle schon selber. Bring mir eine Cola, Junge.«

Sven ging rüber zum Nachbartisch, wo sich ein Pärchen hingesetzt hatte. Die junge Frau in Hosenanzug, der etwa gleichaltrige Mann lässig in Jeans und blauem Hemd mit aufgekrempelten Ärmeln.

Eine Businesstype, dachte Sven, eine, die gleich meckert, wenn das Baguette zu wenig Schinken hat oder nicht richtig angewärmt ist. Er hatte den Tisch noch nicht ganz erreicht, da hörte er noch mal Opas Stimme.

»Und setz dich einen Moment zu mir, wenn Du Zeit hast.«

Er beeilte sich, dem Opa die Cola zu bringen, noch bevor er der Businesstype das Getränk reichte. Opa sollte merken, dass er ihm wichtig war. Aber den anderen Wunsch konnte er ihm nicht erfüllen. Er hatte keine Zeit, sich zu ihm zu setzen, der Opa müsste das merken.

Jedes Mal, wenn er mit vollem Tablett nach draußen kam, erwartete er, dass der Opa gegangen war. Aber er saß sogar noch da, als die Businesstype mit ihrem Freund, nicht ohne vorher über den Salat zu meckern, das Bistro längst verlassen hatte. Der Opa hatte seinen Stuhl so verrückt, dass er von der Sonne beschienen wurde und blinzelte ihm jedes Mal neugierig entgegen.

Na, hast du jetzt Zeit?

Sven zuckte mit den Schultern, der Opa nickte. Dann eben gleich, schien er zu denken.

Schließlich hielt er es nicht mehr aus und bat Silke, für kurze Zeit einen Teil der Außentische zu übernehmen. Er müsse noch etwas klären.

Silke reagierte gereizt. »Erst tagelang gar nicht kommen, dann sich verspäten und anschließend anderen die Arbeit überlassen. Wie stellst du dir das vor?«

»Komm, sei nicht so. Draußen sitzt jemand, der schon lange darauf wartet, dass ich ein paar Worte mit ihm wechsle.«

Sie gab noch nicht nach. »Was meinst du, wie viele Gäste mit mir sprechen wollen?«

Er musste sich ein Grinsen verkneifen. Silke, die kleine Dralle, die sich als begehrtes Männerobjekt aufspielte, darauf wäre er nie gekommen. Aber es kam eben darauf an, wie man sich selber sah. Immerhin nahm sie im nächsten Moment ein Tablett, ging nach draußen, nahm Bestellungen auf und sammelte benutztes Geschirr ein.

»Wie geht 's denn, Opa?« fragte er, als er sich neben ihn setzte.

»Wie soll es mir gehen, Junge? Die Tage sind leer. Immer bewölkt, immer Regen, niemals die Sonne.«

»Aber heute scheint sie doch, die Sonne.«

»Heute auch nicht. Aber das versteht nicht jeder.«

Doch, wollte er sagen, doch Opa, ich verstehe es auch.

Eine Zeitlang sahen sie sich prüfend an. Nun sprich schon aus, was du sagen willst, dachte Sven. Nun frag schon, warum ich mich nicht gemeldet habe. Aber das war es gar nicht, was den Opa bewegte.

»Es geht dir auch schlecht, Junge, stimmt 's?«

Sven war im ersten Moment überrascht. Sah man es ihm an? Aber der Opa schien seine Überraschung nicht zu bemerken.

»Weißt du«, fuhr er fort, »ich habe das schon mal erlebt, damals, als meine Frau starb. Da war Tina, Karlas Mutter, erst fünf Jahre alt. Ich weiß, wie es ist.«

Sven nickte, Karla hatte es ihm erzählt. Gleichzeitig überkam ihn die Befürchtung, dass der Opa diese alte Geschichte aufwärmen wollte. Dafür hatte er nun wirklich keine Zeit. Er seufzte und blickte zur Theke hinüber, Alex zapfte seelenruhig ein Bier und wirkte nicht genervt. Also gab er Sven noch etwas Zeit.

»Trotzdem war es damals anders. Ich hatte ja Tina, es gab Hoffnung, es lag noch etwas vor mir. Wenn ich ganz traurig war, habe ich mich daran gehalten. Es ist nicht zu Ende, habe ich mir gesagt, es gibt Zukunft. Aber jetzt …« Er schwieg.

Sven wusste nicht, was er darauf antworten sollte. Er wusste ja nicht mal, ob er selber eine Zukunft hatte und wenn ja, wie sie aussehen sollte. Allerdings, mit welchen Gefühlen der Opa die letzten Lebensjahre verbringen musste, wollte er sich besser nicht vorstellen. Ihm blieb ja nur Karlas Mutter, seine Tochter Tina, aber ein Trost konnte die nicht sein. Die war eine tiefe Finsternis im Kellerloch und kein Lichtblick in die Zukunft.

»Wie geht ’s denn Karlas Mutter?«, fragte er.

Die Miene des Opas blieb finster, aber ihr Ausdruck änderte sich. Jetzt sprach nicht mehr Trauer daraus, sondern Ärger und Wut.

»Wie soll es ihr gehen?«, rief er so laut, dass sich ein Mann am Nachbartisch zu ihnen umdrehte, »rumjammern tut sie, was sonst? Sie hätte sich zu wenig um Karla gekümmert, klagt sie, jetzt tut es ihr Leid. Wenn sie das wieder gut machen könnte. Das ist es, was sie immer ruft. Ja, wenn, wenn …« Der Opa schüttelte den Kopf.

Sven war nicht überrascht, diese Antwort hätte er sich denken können. Wenn es zu spät war, wurden solche Leute sentimental. Dann wollten sie alles anders machen und würden doch, wenn sie wirklich die Chance bekämen, genauso versagen wie vorher. Da war er sich sicher.

Der Opa schien ähnliche Gedanken zu haben, abrupt wechselte er das Thema.

»Mein Gott, wie sich hier alles verändert hat«, sagte er und ließ seinen Blick über den Platz schweifen. »Früher gab es mitten auf dem Platz einen Kiosk und darunter eine unterirdische Toilette. Es stank schon, wenn man die Treppe runterlief. Aber drüben, das Kaufhaus war schon da. Da habe ich manchmal mit meiner Frau eingekauft.« Er schwieg einen Moment lang, Sven merkte, dass ihm die Bilder wieder gegenwärtig waren. Er ließ ihn reden. Eigentlich hatte er keine Lust auf alte Geschichten, aber er spürte, dass es dem Opa gut tat, sie zu erzählen.

»Und drüben war die Bücherei«, erklärte er. »Manchmal bin ich da auch hingegangen, aber nicht oft. Früher, als der Platz noch nicht so schön war, aber mein Leben Zukunft hatte.« Wieder schwieg er ein paar Sekunden lang.

»Eigentlich komisch«, sagte er dann. »Früher war alles schöner, obwohl es nicht so schön war.«

Ein absurder Satz, fast hätte Sven darüber grinsen müssen. Aber er wusste, dass er für den Opa zutraf.

Sven bemerkte Silkes gereizten Blick.

»Opa, ich muss wieder«, sagte er.

Der Opa nickte. »Ja, geh ruhig. Aber melde dich mal.«

Sven versprach es, ohne sich viel dabei zu denken. Aber dann wurde ihm klar, dass er es wirklich tun musste. Karla würde es wollen. Lass meinen Opa nicht im Stich! Fast glaubte er, ihre Stimme zu hören.

Als er das nächste Mal mit einem Tablett nach draußen kam, war der Opa verschwunden, auf dem Tisch vor seinem Platz lagen drei Euro für die Cola. Vierzig Cent Trinkgeld bedeutete das. Ob der Opa das bedacht hatte? Oder ob ihm nach seiner Bitte, ihn zu besuchen, der Mumm fehlte, Sven noch einmal in die Augen zu schauen und er deshalb auf das Wechselgeld verzichtet hatte? Es müsste ihm nicht peinlich sein, dachte Sven, er verstand ihn doch.

Nach der Mittagszeit, hatte er gehofft, würde ein wenig Ruhe eintreten, aber das Gegenteil war der Fall. Kaum hatten sich irgendwo Gäste erhoben, wurde der Platz wieder belegt. Aber er stöhnte nicht, sondern merkte, dass ihm die Hektik gut tat. Er kam gar nicht dazu, nachzudenken, er musste einfach funktionieren. Genau das Richtige in seiner Situation.

Als die Schicht für den späten Nachmittag und Abend kam und er von Alex etwas über vierzig Euro ausbezahlt bekam, Trinkgeld inbegriffen, fühlte er sich nicht ausgelaugt, sondern wohlig müde. Erst als er in der S-Bahn Richtung Eving saß, krochen die Gedanken in sein Gedächtnis zurück, die er einfach nicht bannen konnte. Gleich würde er wieder allein in seiner Dachwohnung sein, in der sich an warmen Tagen wie heute die Hitze staute und in der es doch kalt blieb. So kalt, dass er glaubte zu frieren.

3 Er hatte sich in einem Laden der Innenstadt T-Shirts oder Hemden kaufen wollen, war deshalb an einem Nachmittag über den Westenhellweg gelaufen und hatte sich zwischendurch ein Schinkenbrötchen besorgt. Als er hinein biss, hatte er plötzlich einen stechenden Schmerz an einem Backenzahn gespürt. Mist! Er wusste noch, dass er das Brötchen vor Wut weggeworfen hatte. Direkt vor der Eingangstür von McDonalds war es gelandet. Um McDonalds tat es ihm nicht Leid, aber um das Brötchen schon. Bei jedem anderen Zubeißen hätte der Schmerz auch begonnen, hatte er bemerkt. Er hatte nämlich nach dem Zahn getastet und das Loch gefühlt, von dem er vorher gar nichts gespürt hatte. Zahnarzt, es gab keine andere Lösung. Am besten sofort, dann hätte er keine Zeit, die üblichen Ängste zu entwickeln.

In die erstbeste Praxis in einer Seitenstraße war er gelaufen und hatte einen überfüllten Wartesaal vorgefunden. Lauter Gesichter, die ihm ängstlich-mitleidig entgegen blickten. Um Gottes Willen, wenn er sich in diese Warteschlange einreihen müsste, wäre der Tag gelaufen. Und der Abend noch dazu. Der Schreck bewirkte, dass sein Zahn noch heftiger schmerzte. Unwillkürlich hielt er sich die Wange.

In dem Moment war sie in den Warteraum gekommen. Sie lächelte, ihre blauen Augen drückten Mitgefühl aus.

»Na, was haben wir denn?«, fragte sie.

Er zeigte mit dem Finger auf seine Wange.

»Zahnschmerzen, ich verstehe.« Sie musste seinen hilflosen Blick auf die übrigen im Wartesaal bemerkt haben, jedenfalls fasste sie ihn plötzlich an den Arm und schob ihn zu einem freien Stuhl.

»Setzen Sie sich. Ich werde sehen, was sich machen lässt.«

Tatsächlich war er schon knapp zwanzig Minuten später dran gewesen, zum Ärger der anderen Wartenden, die ihm böse nachschauten.

»Unser Notfall«, begrüßte ihn der Zahnarzt und grinste. Es war ein älterer Mann mit faltigem Gesicht und gelben Fingern vom Rauchen. Aber das hatte Sven nicht gestört. Wenn er bloß den Schmerz loswürde. Er hatte sich auf ihr Gesicht konzentriert, während der Arzt die Spritze setzte, auf ihr Lächeln, wenn sich ihre Augen fanden. Genauso hatte er zehn Minuten später das Ziehen des Zahns überstanden. Sie war es gewesen, die ihm den Wattebausch in den Mund geschoben und ihm noch zwei weitere mitgegeben hatte, falls die Blutung nicht schnell genug aufhören sollte.

Erst als er ihr, nicht dem Zahnarzt, zum Abschied die Hand gab, hatte er gemerkt, was ihm an ihrem Lächeln so gefiel. Es waren die Grübchen gewesen, die sich dabei neben den Mundwinkeln bildeten. Ihre Figur war unter dem weißen Kittel verborgen geblieben, es war nicht zu erkennen gewesen, ob sie knackig war oder nicht. Aber das hatte keine Rolle gespielt, sie hatte ihm gefallen. Schon damals war er fast so weit gewesen, dem Zahn für seine Schmerzen zu danken.

Aber er hatte nicht gewusst, wie er es anstellen sollte, sie wieder zu sehen. Er kannte ja nicht mal ihren Namen, sondern wusste nur, wo sie arbeitete. Deshalb war er einfach noch mal hingegangen und hatte so getan, als wäre eine Nachuntersuchung vereinbart gewesen. Diesmal hatte sie nicht gelächelt, sondern ihn nur erstaunt angesehen. Es war ihm so vorgekommen, als hätte sie seine Absicht durchschaut.

»Eine Nachuntersuchung ist nicht nötig«, hatte sie gesagt, »außerdem ist jetzt sowieso keine Zeit dafür.« Dann hatte sie ihn einfach stehen lassen.

Einmal hatte er ihr noch aufgelauert. Zwischen zwei Seminaren war er zum Westenhellweg gefahren und hatte in der Nähe der Praxis gewartet. Er hatte selbst nicht gewusst, warum er das getan hatte, so was war nie seine Art gewesen. Er war abwartend bei Mädchen und ließ sich erst zu Schritten verleiten, wenn er glaubte, ermutigende Signale empfangen zu haben. Zu groß war die Angst vor einer Niederlage.

Es war Mittagszeit gewesen, vielleicht würde sie etwas essen gehen, hatte er gehofft. Tatsächlich war sie kurz nach seinem Eintreffen vor der Tür erschienen, sogar allein und er hatte auf sie zugehen wollen, um etwas von einem Zufall zu faseln, der sie wieder zusammen geführt hätte, da hatte sich aus dem Ausgang einer kleinen Boutique ein junger Mann, etwa so alt wie er, gelöst und war auf sie zugegangen. Sie hatten sich umarmt, dann hatte sie sich bei ihm eingehakt und sie waren Richtung Westenhellweg gegangen. Zum ersten Mal hatte er ihre Figur gesehen, ihre schlanken Beine in der eng sitzende Jeans, den straffen Po und die schmale Hüfte. Er hatte geglaubt, dass es sein Abschiedsblick auf sie gewesen wäre.

Danach hatte er sie vergessen, wer will schon an Niederlagen erinnert werden? Und als solche hatte er ihr Weggehen mit dem Freund verstanden. Nein, eine schlechte Lösung wäre sie nicht gewesen, wirklich nicht. Aber die Hoffnung, die er gehabt hatte, war blöd gewesen. Dass so ein Mädchen nicht allein war, hätte er wissen müssen. Dabei hatte ihn auch nicht trösten können, dass niemand anderer etwas von seiner Niederlage erfahren hatte. Entscheidend war, wie er es selbst bewertete.

Seine letzte Beziehung hatte zu dem Zeitpunkt schon mehr als ein halbes Jahr zurück gelegen. Katja war ein stilles

Mädchen gewesen. Sie war Fleuristin, ihre liebste Beschäftigung war, Blumen zu züchten und Gestecke zu binden. Sie kamen zusammen, wenn er es wünschte, sie unternahmen, was er vorschlug, sie war nicht traurig, wenn er sich nicht meldete. Wichtig waren ihr die Blumen, von denen viele in ihrer Wohnung standen. Als er sich irgendwann gar nicht mehr meldete, war ihre Beziehung zu Ende.

Sven wunderte sich noch immer über ihr Verhalten. Was taten die meisten in seinem Umfeld nicht alles, um aufzufallen? Katja war wie aus der Zeit gefallen, sie blieb stumm wie ihre Blumen. Es war auch nicht so, dass sie nicht auffallen wollte. Solche, die ein Schattendasein führen wollten, gab es auch, aber Katja gehörte nach ihrem Selbstverständnis nicht dazu. Sie hätte gar nicht verstanden, wenn man es ihr unterstellt hätte.

Wieso will ich nicht auffallen, hätte sie gesagt, ich züchte doch seltene Blumen, ich mache schöne Gestecke. Reicht das nicht?

Ihr Lebensentwurf war keiner für ihn, aber es war einer, das begriff er mit der Zeit, die er mit ihr zusammen war. Es war einer, der sich abhob vom Getue vieler anderer, der ganz unspektakulär ein kleines Lebensfeld besetzte und sich darin selbst genügte. Aber das alles war ihm viel zu wenig, war ihm viel zu still. Trotzdem sprach er, wenn einer seiner Freunde nach ihr fragte, immer nett von ihr.

Seitdem hatte es zwei, drei Begegnungen mit Mädchen gegeben, nichts Besonderes. Begegnungen, um Druck abzulassen, wie Alex das grinsend nannte. Eine Formulierung, die Sven nicht gefiel.

Den Dortmunder Bahnhof betrat er am liebsten über die Nordseite. Am besten fand er es dort, als sich noch jenseits der Anfahrtstrasse, auf der sich die Taxis stauten, der bucklige, halb zertretene Rasenplatz befand. Es gab dort einen Trampelpfad, der von den beiden Parkplätzen an der Hauptstraße zum Eingang führte. Den ging er am liebsten.

Es war schmuddelig hier, karg, genau wie der Nordeingang mit seinen nackten Wänden, halb von langweiligen Plakattafeln bedeckt, und seiner breiten Treppe, die man hoch laufen musste, um in den Bahnhof zu gelangen. Aber Sven hatte das Gefühl, dass der Ort am Nordausgang zu ihm passte. Immerhin gab es hier auch links vom Eingang das große Kino, das Cinestar, und daneben, in seinem Schatten, die alte Steinwache. Den Ort, an dem die Nazis ihre Gegner gequält hatten und der nun zu einem Museum ausgebaut worden war. Kaum jemand, der hier rum lief, achtete auf die Steinwache, vielleicht würde Sven es auch nicht tun, wenn er nicht wüsste, dass sein Urgroßvater, der Opa seiner Mutter, dort gequält worden war. Sven hatte ihn nie kennen gelernt, aber seine Mutter hatte manchmal von ihm erzählt, nicht ohne Genugtuung. Ja, bei uns waren nicht alle für diesen Verbrecher, wollte sie damit sagen.

Sven hatte viele Jahre lang nicht an seinen Uropa gedacht, aber seit sich die Neonazis in der Nordstadt breit machten, war er ihm wieder eingefallen. Wenn er sein Studium zu Ende brächte, würden Gegenden wie diese sein Arbeitsplatz sein. Sofern er überhaupt Arbeit fand. Die Stadt baute Arbeitsplätze ab, weil sie kein Geld mehr hatte, die Kirche genauso. Wie die meisten in seinem Umfeld hatte Sven keinen blassen Schimmer, wo er je Arbeit finden sollte.

Er begriff mit der Zeit, warum er gerne durch den Nordeingang den Bahnhof betrat. Er testete seine Gefühle, wenn er hierher lief, er prüfte, wie er mit solchen Orten klar kam. Es war ein Test für eine spätere Arbeit. Ja, er kam klar damit.

Inzwischen waren die Parkplätze umgebaut worden zu einer großzügigen Bushaltestelle. Der Acker mit dem Trampelpfad war verschwunden. Schade hatte Sven gedacht, seinetwegen hätte man den Platz nicht umbauen müssen.

Er wusste nicht mehr, warum er irgendwann wieder in den Bahnhof gegangen und an einem Bäckereistand mit

Stehtischen gelandet war. Er wollte nirgendwo hinfahren, wahrscheinlich hatte er ein warmes Baguette essen wollen. Zuerst hatte er gar nicht auf sein direktes Umfeld geachtet. Er hatte in das Baguette gebissen und auf die vorbeieilenden Menschen geachtet. Stoßweise kamen sie aus Richtung der Züge, wenn wieder ein ICE angekommen war, zwischendurch gab es immer welche, die mit schwerer Tasche zu den Gleisaufgängen rannten. Manche kamen kurz drauf frustriert zurück, um in der großen Eingangshalle auf den nächsten Zug zu warten. Andere dagegen sah er nicht wieder.

Das hübsche Mädchen am Nachbarstehtisch hatte er zuerst gar nicht bemerkt. Erst als er mit seinem Blick einer anderen Frau folgte, war sie ihm aus den Augenwinkeln aufgefallen. Unwillkürlich zuckte er zusammen. War sie es oder war sie es nicht? Er merkte selbst, wie er sie anstarrte. Sie hatte seinen Blick auch bemerkt, irritiert schaute sie zurück. Ja, sie war es. Ein bisschen blasser als bei seinen Arztbesuchen, aber dieselben strahlenden blauen Augen. Er merkte, dass er etwas sagen musste, zu aufdringlich war sein Blick gewesen, gleichzeitig stellte er fest, dass sie ihn nicht erkannt hatte.

»Hallo«, sagte er, »ich merke schon, Sie erkennen mich nicht.«

Sie schüttelte den Kopf.

»Sie haben mich mal gerettet, als ich schreckliche Zahnschmerzen hatte.«

Jetzt lächelte sie. »Nicht ich habe das getan, sondern mein Chef.«

Es war nicht klar, ob sie das sagte, weil sie ihn jetzt doch erkannt hatte oder ob ihre Antwort eine Floskel war. Er setzte ein breites Lächeln auf.

»Nein, nein, Sie waren das. Ohne ihre Hilfe hätte ich wer weiß wie lange im Wartezimmer gesessen und wäre vor Schmerzen die Wände hoch gegangen.«

Sie musste lachen. »Ja, bei Zahnschmerzen werden die stärksten Männer schwach.«

Genau wie bei schönen Frauen, wollte er hinzufügen, unterließ es aber. Sie hätte es als zu plumpe Anmache empfinden können. Dann war eine peinliche Pause eingetreten, weil er nicht wusste, was er sagen sollte. Er war nervös, merkte er, schrecklich nervös sogar. Mein Gott, was war los mit ihm? Wollte er sich etwa blamieren? Es war nicht das Mädchen, versuchte er sich einzureden, es war die unverhoffte Begegnung, die ihn aus der Fassung gebracht hatte.

»Na ja, Hauptsache, Sie haben uns in guter Erinnerung«, sagte sie und half ihm aus der peinlichen Situation. »Ich meine, falls mal wieder ein Zahn schmerzt.«

Um Gottes Willen, sollte das ihr Abschlusssatz sein? Dann wäre die unverhoffte Chance dahin und er wäre es gewesen, der sie vermasselt hätte. Kurz entschlossen hatte er nach seinem Baguette gegriffen und war zu ihrem Tisch hinüber gegangen.

»Ich würde mich gerne revanchieren«, hatte er gesagt, »ich finde, dass ich das tun sollte.«

Sie hatte ihn aus großen Augen angesehen.

»Wie wäre es mit einer Tasse Kaffee?«

Sie schüttelte den Kopf. »Kaffee mag ich höchstens morgens.«

Er blickte hinüber zur Theke. »Ob es hier Cola gibt?«

Sie schüttelte den Kopf. Ein Lächeln erschien auf ihrem Gesicht und mit ihm die Grübchen.

»Nicht hier«, sagte sie, »aber gegenüber vom Bahnhof, neben der Bibliothek, gibt das ›Daily‹. Da gehe ich manchmal in der Mittagspause hin.«

Er war einverstanden gewesen und hatte gleichzeitig Angst gehabt, dass er sich wieder zum Stockfisch wandeln könnte, weil ihm nicht einfiel, was er sagen sollte. Aber das Gespräch bei einer Cola war ganz unkompliziert verlaufen. Karla hatte angefangen, von Erlebnissen aus der Zahnarztpraxis zu erzählen. Von Männern, die mit Schweißperlen auf der Stirn erschienen und einzig wünschten, dass man ihnen einen Zettel für ihre Frauen unterschrieb, der bestätigte, dass sie beim Zahnarzt gewesen waren. Drankommen wollten sie nicht, nur diesen Schein wollten sie haben. Und dann die Ehepaare, bei denen der Partner mitkommen musste ins Behandlungszimmer, um beim Bohren die Hand zu halten. Ein Mann hätte seiner Frau sogar einmal etwas vorgesungen, während der Arzt eine Spritze setzte, weil Singen sie beruhigte. Sven hatte laut lachen müssen, und auch Karla hatte mitgelacht, je länger das Gespräch dauerte desto mehr.

Was er damals noch nicht wusste und sie ihm erst später erzählte, war das Ende der Beziehung zu ihrem Freund. Kurz vor ihrer zufälligen Begegnung hatte sie Schluss gemacht mit ihm. Er war ein BWL-Student, der für ein Semester nach Brisbane in Australien gegangen war. Er würde sie immer lieben, hatte er geschworen, als er sich von ihr am Bahnhof verabschiedet hatte, um zum Frankfurter Flughafen zu fahren, aber schon nach vier Wochen hatte er in Brisbane eine Freundin gehabt, ebenfalls eine Gaststudentin, die aus Frankreich stammte.

Wie sie das denn raus gekriegt hätte, wollte Sven wissen, als sie es ihm erzählte. Ob er es ihr tatsächlich gestanden hätte.

»Natürlich nicht.« Sie schüttelte den Kopf. »Aber beim Skypen hat Frank sich zweimal versprochen, hat mich Angelique genannt und als ich ihn darauf ansprach, hat er sofort abgeschaltet. Später hat er dann versucht, alles als einen Versprecher hinzustellen, aber das habe ich ihm nicht geglaubt.«

»Und was ist, wenn er wiederkommt?«

»Was soll dann sein? Nichts ist dann.«

Als sie sagte, dass sie jetzt gehen müsse, nahm er allen Mut zusammen. Frag doch, ob wir uns wieder sehen können, sagte seine innere Stimme. Trau dich, du darfst die Chance nicht verstreichen lassen.

Als sie aufstand um zu gehen, hatte er sie dann doch gefragt. Es waren zwei Gefühle, die ihn dabei bewegt hatten. Die Sorge, dass sie ihn abwimmeln könnte und das Staunen darüber, wie hübsch sie war. Sie war ein Stückchen kleiner als er, gut zehn Zentimeter vielleicht, hatte ein ovales Gesicht, in dem sich beim Lächeln die Grübchen bildeten und blaue Augen, die funkelten, wenn sie sich freute und blitzten, wenn sie erregt war. Jetzt verdunkelten sie sich für einen Augenblick. Sven sah es und wurde mutlos. Blöd, dass er sich Hoffnung gemacht hatte. Es würde nicht klappen mit diesem Mädchen. Na gut, dann eben nicht.

»Solche Begegnungen sind am besten, wenn sie spontan entstehen«, sagte sie. »Aber ob man das wiederholen oder sogar planen kann, ich weiß nicht …«

»Vielleicht machen wir es halb und halb«, hatte er geantwortet.

»Halb und halb?« Sie hatte verblüfft angesehen. »Wie soll das gehen?«

»Wir verabreden eine Zeit und lassen den genauen Ort offen. Hier oder im Bahnhof, mal sehen, ob wir uns treffen.«

Sie hatte laut losgelacht. »Verrückte Idee. Aber von mir aus. Versuchen wir es.«

Sie hatten sich für einen Termin eine Woche später verabredet. Damals hatte er noch solche Ideen gehabt, ausgefallene, sogar ein wenig verrückte. Jetzt hatte er solche Ideen nicht mehr, stellte er fest. Sie waren aus seinem Leben gegangen wie Karla.

Immerhin hatte er bei der Begegnung noch ihren Namen erfahren. Karla heiße sie, hatte sie ihm auf Nachfrage gesagt, nur das. Nicht ihren Nachnamen, nicht ihre Handynummer oder gar ihren Wohnort. Karla eben, das war alles gewesen, was sie ihm verriet.

4

Die erste Entscheidung, die er jeden Morgen zu treffen hatte, war die, ob er überhaupt aufstehen sollte oder nicht. Was gab es für ihn zu tun, was duldete keinen Aufschub, was musste unbedingt erledigt werden? Oder hatte es nicht Zeit mit allem? Dann konnte er genauso gut im Bett bleiben für ein, zwei weitere Stunden, vielleicht für den ganzen Tag.

Er wusste, dass diese Gedanken Blödsinn waren, man konnte sein Leben nicht im Bett verbringen. Aber das änderte nichts daran, dass er sie hatte. Wozu das alles, was hatte das noch für einen Sinn? Verdammt, er hatte ihr nicht helfen können, er hatte es einfach nicht geschafft.

Mit der Zeit, wenn er dann nach langem Frühstück, nach langem Blick aus dem Fenster über Eving, bei dem er nichts empfand, kein Gefühl von Tristesse, keines von Zugehörigkeit, in die Stadt fuhr, merkte er, dass er sein Studium fortsetzen musste. Nicht allein für sich musste er das tun, sondern vor allem für seine Eltern.

Sein Vater war gegen ein Studium gewesen, als er nach dem Abi überlegte, wie es weitergehen sollte.

»Geh in die Verwaltung. Oder zur Sparkasse. Da hast du einen sicheren Job, einen bequemen noch dazu. Das ist doch gut. Was anderes passt nicht zu uns.«

Er selbst arbeitete bei einer Logistikfirma. Wenn sein Chef kam, war das Höhepunkt und Schrecken zugleich für ihn. Ein Typ aus der Verwaltung, als wenn so einer ein kleiner Herrgott wäre. Ein Verwaltungsjob, das war deshalb schon was für ihn. Und warum auch nicht, Sven hatte es selber überlegt. Aber dann hatte er sich für die Uni entschieden. Vielleicht einzig deshalb, weil er sie mal kennen lernen wollte, diese Welt, in die bisher noch keiner aus seiner Familie eingedrungen war.

Seine Mutter hatte sich raus gehalten aus diesen Gesprächen. Sie wusste nicht, was ein Studium bedeutete und ob es gut war für Sven oder nicht. Sven wusste aber, dass sie alles mittragen würde, weil sie wollte, dass er es gut hatte. Er wusste, dass er sich auf sie verlassen konnte. Aber den Kommentar seines Vaters, wenn er das Studium aufgab, konnte er sich ausmalen.

»Ich hab 's doch gesagt, warum hast du bloß damit angefangen? Und was wäre das auch für eine Arbeit geworden? All den Kaputten zu helfen, die sich sowieso nicht helfen lassen wollen. Wie kann man damit sein Leben verbringen?«

Er wählte SPD, immer schon, und er würde es bis zu seinem Lebensende tun. Aber wie sein Weltbild von den sozial Schwachen dazu passte, hatte Sven nie raus finden können. Es gab die oben und die unten. Und zu denen unten gehörten sie selbst, daran würde sich nichts ändern. Und dann gab es noch die ganz unten, die, von Ausnahmen abgesehen, selbst schuld daran waren. Weshalb sollte man sich um sie kümmern? Und noch dazu sein Sohn?

Sven hatte es aufgegeben, mit seinem Vater darüber zu diskutieren. Schon lange hatte er damit aufgehört, es brachte ja nichts. Sein Vater gab ihm kein Recht, niemals. Deshalb sollte er, Sven, auch nicht das Studium schmeißen. Und wenn es einzig deshalb wäre, damit er diesen Satz nicht von ihm hören musste.

Und Karla, was würde sie dazu sagen, dass er nicht mehr zur Uni ging? Sie würde auch wollen, dass er weiterstudierte, glaubte er, obwohl sie sich nie besonders für sein Studium interessiert hatte. Sven machte das eben und damit war es gut für sie.

Er wusste nicht mehr, wie viel S-Bahnfahrten in die Innenstadt er gebraucht hatte, um darüber Klarheit zu gewinnen. Irgendwann, als es regnete und die Tropfen an den Scheiben der Bahn herunterperlten, war er sich sicher gewesen. Ja, so müsste er es machen, dachte er. Aber es waren ja noch Semesterferien. Was sollte er bis dahin machen? Und würde er den Plan dann auch ausführen, wenn er wieder zur Uni konnte? Oder würden ihn dann seine Lustlosigkeit, seine Zweifel an allem davon abhalten?

Er versuchte, wenigstens regelmäßig zu seinem Job in der Brasserie zu gehen. Alex genehmigte ihm wieder sieben Euro Stundenlohn, dafür schien er sich einen Teil von Svens Trinkgeld einzustecken. Jedenfalls glaubte Sven das, weil er weniger als ein Drittel der Summe bekam, die er allein schon als Trinkgeld eingenommen hatte. Egal, er meckerte nicht. Die Arbeit half ihm, um seinem Tag ein Ziel zu geben. Alex war eben so. Ein Schlitzohr, aber irgendwie auch ein Kumpel.

Irgendwann fand er an dem Platz, an dem kurz vorher eine Frau gesessen hatte, einen Zehn-Euro-Schein, sie selbst war verschwunden. Das war viel mehr als die Frau für ihren Cappuccino bezahlen musste. Verwundert steckte Sven den Schein ein. Erst dann entdeckte er den Zettel neben der leeren Tasse.

Melden Sie sich, stand da und dahinter eine Telefonnummer.

Sven blickte sich um. Stand die Frau noch irgendwo in der Nähe? Beobachtete sie, wie er reagierte? Nein, sie war nirgendwo zu sehen. Jedenfalls glaubte er das, denn er hatte nur eine ungefähre Erinnerung an sie. Um die vierzig Jahre alt mochte sie sein, nicht besonders schlank, aber auch nicht dick. Beim Bedienen hatte er das Gefühl gehabt, sie lege es darauf an, dass er ihr in den Ausschnitt schaute. Er hatte nichts dagegen gehabt, ihren üppigen Busen zu bewundern. Warum auch?

Einen Moment lang zögerte er, dann steckte er den Zettel ein. Wenn sie doch in der Nähe sein sollte, müsste sie es gesehen haben.

Zwei Tage lang überlegte er. Sollte er oder sollte er nicht? Seit Karlas Tod hatte er nichts mehr mit einer Frau gehabt. Wie denn auch, die Erinnerung an sie ließ ihn nicht los. Würde er es jetzt schaffen, für zwei, drei Stunden? Und was wäre, wenn nicht? Wenn er mit der Frau im Bett liegen würde und Karla wäre plötzlich bei ihm, übermächtig in seinen Erinnerungen? Und er würde es nicht bringen, würde sich kleinlaut wieder anziehen müssen?

Schließlich rief er doch an. Der Zettel hatte sein Verlangen nach einer Frau geweckt, er spürte es, je länger er ihn in seiner Tasche wusste. Es war doch gut, dass es eine ältere Frau war, die ihm das Angebot gemacht hatte. Es würde sich daraus nichts ergeben, das konnte auch die Frau nicht glauben. Nicht zuletzt tat er es, weil er die Angst spürte, immer allein zu sein in seiner Wohnung.

Der Anruf war merkwürdig. Die Frau säuselte ins Telefon, er musste genau hinhören, um sie zu verstehen.

»Ja, bitte«, hauchte sie, »Was wünschen Sie?«

Er stutzte, bevor er seinen Namen nannte.

»Ach, du bist es«, antwortete sie dann im selben Tonfall.

Sven war verwirrt. Auf dem Zettel hatte sie ihn gesiezt, jetzt duzte sie ihn. Er beschloss, dem keine Bedeutung beizumessen. Aber dass sie so komisch sprach, so hauchte, als stünde sie kurz vor dem Orgasmus, ließ ihn mit seiner Antwort zögern.

»Ja, Sie haben mir ihre Telefonnummer aufgeschrieben«, sagte er dann.

»Und jetzt rufst du mich an und möchtest zu mir kommen, stimmt 's?«

Wieder stutzte Sven. Sie tat ja gerade so, als wäre er es gewesen, der den Kontakt gesucht hatte, dabei war sie … Aber auch egal.

»Natürlich nur, wenn Sie es wünschen«, antwortete er und bemühte sich, seine Wörter ebenfalls zu hauchen. Wenn die Sache schon einen lächerlichen Anstrich bekam, wollte er dem nicht im Wege stehen.

»Oh, das hast du aber schön gesagt«, antwortete sie. »Soll ich es mir denn wünschen, was meinst du?«

Allmählich ging sie ihm auf die Nerven.

»Sie können es natürlich auch nicht wünschen, ganz wie Sie wollen«, sagte er, jetzt wieder in normalem Tonfall und beschloss, bei der nächsten merkwürdigen Antwort aufzulegen. Es schien so, als hätte sie seine Gereiztheit bemerkt.

»Natürlich sollst du kommen«, sagte sie, und jetzt klang ihre Stimme wirklich verführerisch. Sven begriff plötzlich. Es war ihr nicht leicht gefallen, einem wildfremden Mann ihre Telefonnummer zu hinterlassen. Sie wollte nicht dastehen als eine, die sich anbietet, und wenn sie es doch tat, wollte sie wenigstens den Anschein wahren. Ihr merkwürdiges Verhalten zielte also gar nicht auf ihn, sie brauchte es für sich selber. Trotzdem war er irritiert. Was war das für eine Frau, die ihn zum Kontakt aufforderte, obwohl sie sich im innersten ihres Herzens dafür schämte? Lass die Hände davon, rief ihm eine innere Stimme zu, wer weiß, in was für eine Sache du da hineinschlidderst.

»Wie wäre es mit morgen am späten Nachmittag?«, fragte die Frau.

»Ich kann aber erst nach meiner Schicht in der Brasserie«, antwortete er.

»Deshalb sage ich ja, später Nachmittag. Wie wäre es gegen halb sechs?«

Sven stimmte zu, obwohl er sich am liebsten Bedenkzeit ausgebeten hätte. Aber wie sollte das gehen? Sollte er die Peinlichkeit der Frau noch weiter steigern?

»Ich müsste natürlich wissen, wohin ich kommen soll«, sagte er betont sachlich.

Die Frau nannte ihm ihre Adresse, sie wohnte im Vorort Derne, gar nicht so weit von ihm entfernt.

Bis kurz vorher war er unsicher gewesen, ob er wirklich hingehen sollte, dann ließ er sich einfach treiben. Nicht hinzugehen wäre eine bewusste Entscheidung gewesen, redete er sich ein. Wenn er es jedoch tat, ließ er sich einfach treiben und folgte nur dem, was längst vereinbart war.

Die Wohnung lag im ersten Stock eines Vierfamilienhauses. Schon als er die Treppe im Flur hoch lief, drang ihm ein merkwürdiger Geruch in die Nase. Der Geruch verstärkte sich, als er die um einen Spalt geöffnete Wohnungstür aufschob, gleichzeitig hörte er sphärische Musik. Es musste der Duft von Kerzen sein, die irgendwo brannten, glaubte Sven und vermutete, dass es nach Mandeln rieche. Die leise Musik dazu schaffte eine merkwürdig irreale Stimmung. Er ging ein paar Schritte in den Korridor. Wo war diese Frau, in was für eine Wohnung war er hier eingetreten?

Sie stand in einem verdunkelten Raum, sah er, als er zu einer geöffneten Tür kam. Durch eine Ritze der herunter gelassenen Jalousie schimmerte ein schmaler Lichtstreif, so dass sich ihre Umrisse abzeichneten. Einen Augenblick brauchten seine Augen, um sich an den Dämmerschein zu gewöhnen, dann sah er sie genau. Sie trug einen seidenen, hellblauen Bademantel und stand am Fußende eines breiten Bettes.

»Hallo«, sagte sie, und er merkte am leichten Zittern in ihrer Stimme, dass sie genauso beklommen war wie er.

»Hallo«, antwortete er und dachte in diesem Augenblick an Karla. Würde sie jetzt kommen und sich zwischen ihn und diese Frau drängen? Würde sie seine Gefühle wieder ganz für sich beanspruchen? Aber Karla kam nicht, sie passte nicht in diese Sphäre von Musik und Kerzenduft, das alles wäre ihr zu fremd. Sven atmete auf. Nein, mit dem, was hier geschah, hatte Karla nichts zu tun.

»Schön, dass du gekommen bist.«

Sven war unfähig zu antworten. Ihre nächsten Floskeln bekam er gar nicht mit. Er starrte auf ihren Körper, der sich unter dem dünnen Seidenmantel abzeichnete und spürte, wie sein Verlangen stieg.

Schließlich kam die Frau auf ihn zu, drängte sich an ihn, zeigte, wie und wo sie berührt werden wollte und er streichelte ihren üppigen Busen, fühlte nach der Wärme zwischen ihren Schenkeln, küsste ihren Hals, während die Frau den Gürtel seiner Hose öffnete und sie ihm abstreifte.

Hastig zog er sein T-Shirt aus und spürte ein immer größer werdendes Verlangen, wie er das nicht erwartet hatte. Ja, viel zu lange hatte er es nicht mehr gespürt, diese Nähe zu einer Frau.

Sie zog ihn schließlich auf ihr Bett, er spürte ihre Lippen auf seinem Körper und ließ sich fallen in diese Woge an Berührung, Mandelduft und sanfter Musik, küsste und streichelte auch sie. Als er schließlich in sie eindrang, hatte er Sorge, zu schnell zu kommen, denn sie hatte ihn tatsächlich erregt. Aber er schaffte es, den Erguss zurück zu halten, achtete auf ihr Stöhnen und erst als es immer lauter wurde, gab er auch nach und merkte, wie er sich in ihr verströmte.

Danach lag er wortlos neben ihr. Karla, musste er denken, Karla hatte nie so laut gestöhnt. Sie hatte, wenn sie sich liebten, durch die zusammen gebissenen Zähne ausgeatmet und ein pfeifendes Geräusch erzeugt.

Die Frau begann nach einer kleinen Pause, sich wieder an ihn zu drängen, sie küsste seine Brustwarzen, seinen Hals. Zwischendurch murmelte sie etwas, das er aber nicht verstand. Es fiel ihm auf, dass er bis jetzt nicht einmal ihren Namen kannte. Nach all dem, was zwischen ihnen passiert war, empfand er es als peinlich, jetzt erst danach zu fragen. Schließlich tat er es doch.

»Rita«, antwortete sie und tat dabei so, als würde sie das Absonderliche dieser Frage nicht bemerken.

Ob sie so was öfter machte? Ob sie öfter mit Männern ins Bett ging, die sie nicht kannte? Der Gedanke ließ ihn nicht los. Die Musik verstummte plötzlich, das Band war abgelaufen.

Er schob Rita von sich.

»Ich muss gehen«, sagte er und beeilte sich mit dem Anziehen. Wie ein Betrüger kam er sich vor, ein Betrüger an dieser Frau, die er benutzt hatte, nicht besser als in dem Sinne, in dem Alex von solchen Begegnungen sprach. Ein Betrüger aber auch an Karla, die doch seine Liebe war. Er hatte sich noch nicht von ihr losgesagt, er wollte noch immer nach ihrer ausgestreckten Hand greifen, wenn er von ihr träumte.

Er war schon im Korridor, als die Frau plötzlich hinter ihm stand und ihn am Arm fest hielt.

»Kommst du wieder?«

Er nickte. »Ich habe ja deine Telefonnummer.«

Dann rannte er zur Wohnungstür und zog sie schnell hinter sich zu. Erst als er draußen auf dem Bürgersteig stand, fiel ihm ein, dass er noch viele Fragen an sie gehabt hätte.

5 Karla hatte bei ihrem Opa gewohnt. Vielleicht war es ihr anfangs unangenehm gewesen, es ihm gegenüber zuzugeben. In seine Wohnung hatte sie nicht kommen wollen, deshalb hatten sie sich zuerst in der Brasserie, im Kino und zum Spaziergang über den Westenhellweg getroffen. Es war während eines Kinobesuches gewesen, dass sie sich zum ersten Mal geküsst hatten. Die Initiative dazu war von ihm ausgegangen, Karla hatte im ersten Moment zurück gezuckt, es dann aber geschehen lassen. Einmal hatte er von einem Film, einer wenig aufregenden Liebesgeschichte zwischen einem jungen Mann und einer älteren Frau, so gut wie nichts mitgekriegt. Sie hatten geknutscht, sich gestreichelt und er hatte gespürt, wie auch bei ihr das Verlangen stieg.

Danach hatte sie ihn eingeladen, am nächsten Tag zu sich zu kommen. Erst in dem Moment war er sicher gewesen, dass sie jetzt ein Paar waren. Sie hatte das bestimmt, nicht er.

Später hatte sie ihm erklärt, dass ihr Zögern nichts mit dem Opa zu tun gehabt hätte. Ihr Opa wäre ihre Familie, es gäbe keinen Grund, ihn zu verstecken oder sich seinetwegen zu schämen. Sie hätte eben nicht gewusst, ob sie nach dem Betrug ihres Freundes so schnell wieder eine neue Beziehung haben wollte.

Karla war stolz, hatte er da gemerkt. Er durfte sie nicht verletzen, wenn ihre Beziehung klappen sollte.

Sie hatte in der Nordstadt gewohnt, allerdings nicht an der Mallinckrodtstraße, die mit ihren Platanen auf dem

Mittelstreifen das Viertel durchzieht und am unteren Ende fest in türkischer Hand ist. Nein, nicht dort, sondern ein Stückchen entfernt in einer Seitenstraße.

Die Stadt versuchte einiges, um das Viertel aufzuwerten. Der angrenzende Nordmarktpark war mit seinen Blumenbeeten und Sitzecken schön geworden, frei von den Alkoholikern, die ihn eine Zeitlang in Beschlag genommen hatten und für die nun Saufräume irgendwo am Rande bereit standen. Orte, die ihr Problem nicht lösten, aber wenigstens den Kindern von der Grundschule neben dem Park einen Anblick ersparten, an den sie sich nicht gewöhnen sollten. Später, als sie sich schon länger kannten, hatte Sven dort an warmen Tagen manchmal mit Karla auf einer Bank gesessen und sie hatten über alles Mögliche geredet. Immer mal wieder über Zahnarztpatienten und ihre Angst vor dem Bohrer, Geschichten, die Karla liebte. Über Orte, die sie zusammen besuchen sollten, manchmal hatte er ihr auch von der Uni erzählt. Zwischendurch, wenn er seinen Blick über Park und angrenzende Straße gleiten ließ, hatte er gedacht, wie es wohl wäre, wenn er hier als Sozialarbeiter eine Anstellung bekommen würde und die Nordstadt sein Arbeitsbereich würde. Es würde schwierig sein, hatte er gedacht, ganz bestimmt würde es das, aber er würde damit klar kommen. Damals hatte er sich viel zugetraut.

Karlas Opa hatte eine Dachwohnung in einem dreistöckigen Haus gemietet. Er war nervös gewesen, als er die Treppe mit den ausgetretenen Holzbohlen hoch lief. Was würde ihn bei Karla erwarten? Er war nervös und auch erregt. Umso größer die Überraschung, als plötzlich der alte Mann vor ihm stand. Um Gottes Willen, was hatte das denn zu bedeuten? Von dem Alten hatte Karla ihm bisher nichts erzählt. Die Nervosität blieb, die Erregung schwand.

»Hallo«, sagte der Alte.

»Hey«, antwortete Sven und blieb auf der obersten Treppenstufe stehen. Einen Moment lang musterten sie sich, dann erschien Karla in der Wohnungstür, fasste den Mann an den Arm und zog ihn zurück.

»Opa, du sollst nicht immer so neugierig sein. Ich erkläre dir alles, wenn es so weit ist.«

Der Opa grinste wie ein ertappter Schuljunge und ließ sich widerstandslos in die Wohnung ziehen. Als Sven sie kurz darauf betrat, war er verschwunden.

Im Flur befand sich gleich hinter der Tür ein altmodischer Mantelständer aus dunkelbraunem Holz und mit einem Spiegel daneben. Karla forderte ihn auf, seine Jacke dorthin zu hängen. Ein paar Bilder befanden sich an den Wänden, alle zeigten irgendwelche Landschaften mit Wald und Bach. Manchmal waren Tiere darauf, manchmal Menschen. Bilder wie aus einer längst vergangenen Zeit. Die Tür zum Zimmer am Ende des Flurs stand halb offen. Es war das Wohnzimmer mit einem Plüschsofa und dunklen Eichenmöbeln. Bottroper Barock, noch altmodischer als die Möbel von Svens Eltern. Sven konnte nur einen Teil des Zimmers einsehen, vielleicht hatte sich der Opa in den anderen Teil zurückgezogen, wo der Fernseher stand, den er nicht sehen, aber hören konnte. Wahrscheinlich lief da gerade eine Talkshow, denn eine Männerstimme wurde immer wieder von Applaus unterbrochen.

Karla zog ihn in das Zimmer direkt gegenüber vom Mantelständer. Es war ihr Zimmer. Ein breites Bett, zugedeckt mit dunkelblauer Bettdecke, unter der auch die beiden Kopfkissen verschwanden, stand mit dem Kopfende direkt unter dem Fenster. Die hellgelben Gardinen passten gut zum Blau des Bettes. Links befand sich ein grauer Schrank mit zwei Schiebetüren, rechts stand, eingequetscht vom Bett, ein kleiner Schreibtisch mit einem Computer darauf. Wenn Karla dort etwas erledigen wollte, musste sie auf dem Bett sitzen, für einen Stuhl war kein Platz mehr. Über dem Schreibtisch hing ein Kalender mit einem Foto, das Karla mit einem jungen Mann zeigte. Dem Australier, musste

Sven denken, sie hatte mit Fotos von ihnen beiden einen Kalender gebastelt, der überholt war, den sie aber nicht abgehängt hatte. Ob sie noch immer nicht von ihm los kam?

Quatsch, dachte Sven dann, sie brauchte einen Kalender, um sich über das Datum eines einzelnen Tages zu informieren und woher sollte sie jetzt, im Sommer, einen anderen bekommen?

Sie setzten sich nebeneinander auf das Bett.

»Mein Reich«, sagte sie, »gefällt es dir?«

Er nickte, obwohl er nicht verstand, warum sie so beengt wohnte. Sie hatte einen sicheren Job, verdiente deutlich mehr Geld als er, bewohnte aber nur ein Zimmer in der Wohnung ihres Opas. Er dagegen leistete sich eine kleine Wohnung, in Eving zwar, wo es billig war, aber immerhin. Der Gedanke, dass sich direkt hinter der Wand der Opa befand, beunruhigte ihn. Bereitete ihr das etwa keine Probleme? Fühlte sie sich nicht beobachtet oder kontrolliert? Er merkte selbst, wie verkrampft er auf der Bettkante saß.

Auch Karla fiel es auf.

»Ich kann meinen Opa nicht im Stich lassen«, sagte sie, »so lange es keinen triftigen Grund dafür gibt, kann ich es einfach nicht. Mein Opa braucht mich und ich brauche ihn.«

Er nickte wieder, obwohl er es nicht verstand. Welchen triftigen Grund brauchte sie, um die Wohnung ihres Opas zu verlassen, außer dass sie Krach mit ihren Eltern hatte und hierhin geflüchtet war. Ja, dachte er im ersten Moment, das könnte es sein, sie war hierher geflüchtet. Aber er verwarf den Gedanken sofort wieder. Nach einem Provisorium sah das Zimmer nicht aus. Eher wie eines, das sie schon länger bewohnte und weiter behalten wollte. Merkwürdige Beziehung zu einem Opa, dachte er.

»Gefällt es dir trotzdem bei mir?«

Er musste grinsen über ihre Frage. Ja, es gefiel ihm, weil sie ihm gefiel. Und außerdem war er nicht hierher gekommen, um ihre Wohnung zu besichtigen.

Trotzdem brachte er es wieder nur zu einem Nicken.

Sie schien die Anspannung ebenfalls zu spüren, eine Zeitlang saßen sie stumm nebeneinander, Karla hatte ihre Hände unter die Oberschenkel geklemmt. Dann gab sie sich einen Ruck, legte einen Arm um seine Schulter und begann, ihn zärtlich zu küssen. Es war genau das, worauf er gehofft hatte, aber es verlief trotzdem völlig anders. Verdammt, er wurde die Vorstellung von ihrem Opa nicht los, der sich direkt hinter dieser Wand befand und der sein Ohr womöglich dagegen presste.

Sie zog heftiger, damit er sich zu ihr hinüber beugte, sie wollte, dass er ihre Küsse erwiderte, aber er blieb abwartend. Sie tat so, als würde sie es nicht merken, rückte näher ran an ihn, legte seine Hand auf ihren kleinen, festen Busen und küsste ihn weiter. Nach und nach schaffte er es, ihre Küsse zu erwidern.

Plötzlich hörte er Schritte auf dem Flur, sehr laute, als würde jemand bewusst fest auftreten, kurz danach fiel die Wohnungstür ins Schloss. Sie hörte auf, ihn zu küssen, ihr Gesicht war jetzt ganz nah, ihre Augen strahlten ihn an, die Grübchen neben den Mundwinkeln wurden sichtbar.

»Na siehst du, er ist gar nicht so. Ein bisschen neugierig, das stimmt, aber sonst lässt er mich machen was ich will.«

Kurz drauf lagen sie nackt unter der blauen Bettdecke und er erkundete zum ersten Mal sanft ihren Körper, tastete sich langsam vor, streichelte die Innenseiten ihrer Schenkel, küsste ihren Busen, während er ihre Finger auf seinem Körper spürte, auf der Brust, zwischen den Beinen. Sie genoss seine Umarmung, er spürte es. Sie war entspannt, ganz weich und gab jeder Anregung, die er mit seiner Hand forderte, nach. Dann hörte er zum ersten Mal, wie sie die Luft zwischen den zusammen gebissenen Zähnen einsog, er legte sich auf sie, drang in sie ein und genoss die Wärme ihres Körpers.

Danach hatte er zum ersten Mal das Gefühl gehabt, angekommen zu sein. Ja, das war das Wort gewesen, an das er damals wirklich gedacht hatte. Er war angekommen, weil er den Punkt gefunden hatte, von dem aus sich sein Leben entwickeln konnte. Dieser Moment, hatte er gedacht, sollte nie vergehen, immer sollte sie neben ihm liegen, weil er nichts anderes brauchte als sie.

Aber war das nicht ein Glaube im Überschwang seiner Gefühle, hatte er sich dann gefragt. War er haltbar oder würde er vergehen wie die anderen davor? Nein, das würde er nicht, es war anders als mit den anderen zuvor. Er spürte eine Nähe wie er sie noch nie empfunden hatte.

Als wollte sie es ihm bestätigen, begann sie wieder, ihn zu streicheln, ganz zärtlich, überhaupt nicht fordernd und genau das war es gewesen, was ihn wieder erregte, was ihn wieder dazu brachte, in sie einzudringen und noch einmal ihre Wärme zu spüren.

Später saßen sie tatsächlich alle zusammen am Küchentisch, Karla, ihr Opa, der die Wohnung für gut zwei Stunden verlassen hatte, und Sven, tranken Tee und redeten miteinander. Karla erzählte, dass sie tags zuvor eine frühere Bekannte vom Opa getroffen hätte, deren Sohn vor kurzem gestorben sei. Warum er und nicht ich, hätte sie immer wieder gefragt. Der Opa hörte aufmerksam zu, blickte zwischendurch aber neugierig zu Sven hinüber als wollte er fragen: »Na, wie war 's?«

Sven war egal, was er dachte. Es war gut so, wie es war. Gut mit ihm, mit Karla und sogar mit ihrem Opa.

Ein paar Wochen später, nachdem sie wieder in Karlas Zimmer zusammen gewesen waren, musste Karla anschließend sofort weg. Sie hatte sich mit ihrer Kollegin Anja, der anderen Sprechstundenhilfe, in einer Pizzeria verabredet. Als Sven mit ihr die Wohnung verlassen wollte, hielt der Opa ihn zurück.

»Wenn Karla geht, kannst du doch trotzdem bleiben. Komm, ich koche uns eine Tasse Tee.«

Es war klar, dass der Opa ihm etwas erzählen wollte. Vielleicht über seine Tochter, Karlas Mutter, von der er inzwischen gehört hatte, dass ihr Leben aus den Fugen geraten war, vermutete Sven. Karla hatte Andeutungen darüber gemacht, aber Sven hatte sich gehütet, nachzufragen. Karla erzählte ihm alles, das wusste er, aber sie tat es dann, wann sie es selber wollte. So hatte er schon einiges über ihren Ex-Freund erfahren, der nun von Australien aus versuchte, wieder mit ihr anzubändeln. So offen, wie Karla ihm von diesen Versuchen über Mail und SMS berichtete, wusste Sven, dass er keinen Erfolg haben würde.

Der Opa stellte die dampfenden Teetassen auf den Tisch und setzte sich. Eine Zeitlang schwiegen sie. Sven merkte, wie der Opa nach Worten rang.

»Sie ist alles, was ich habe«, sagte er dann plötzlich und so unvermittelt, dass Sven unwillkürlich zusammen zuckte. »Du musst deshalb immer gut zu ihr sein und ihr niemals wehtun, hörst du?«

Sven hatte sich über die Formulierung gewundert. Dass man nett sein sollte oder freundlich hatte er schon mal gehört, aber gut sein und jemanden nicht wehtun war eine ungewöhnliche Formulierung. Eine aus der Welt des Opas. Umso mehr machte sie Eindruck auf ihn. Sven nickte.

»Sie ist die einzige, die mir aus meiner Familie geblieben ist. Ja, meine Tochter, die gibt es auch noch, aber sie ist weit weg, obwohl sie ganz nahe bei uns wohnt. Weißt du, Junge, für meine Familie wollte ich immer alles tun, für meine Frau und vor allem für unser Töchterchen. Ich war ja im Stahlwerk beschäftigt. Hast du mal gesehen, wie es ist, wenn man die Thomasbirne absticht, wenn flüssiges Stahl über eine Rinne in die Form fließt?«

Der Opa sah ihn prüfend an, aber es war klar, dass er keine Antwort darauf erwartete. Vielmehr wirkte es, als würde er die Bilder wieder selber vor sich sehen.

»Diese Hitze, die kannst du gar nicht aushalten. Als wenn

man in einem Ofen steht. Der Schweiß rinnt dir am Körper runter und sammelt sich in den Stiefeln. Ja, am Ende ist es so, als wenn du in einer Pfütze stehst, aber es ist nicht Regenwasser, sondern dein eigener Schweiß. Das kannst du nur aushalten, wenn du an etwas Schönes denkst, wenn du weißt, für wen du das alles tust. Und ich habe an meine Familie gedacht. Ja, für die mache ich das, habe ich mir gedacht. Für die halte ich das aus.«

Er schwieg einen Moment lang und starrte vor sich auf die Tischplatte. Seine letzten Worte hatte er mit belegter Stimme gesprochen. Um Gottes Willen, der Opa würde doch nicht anfangen zu weinen? Nein, das tat er nicht, er fing sich wieder und redete mit klarer Stimme weiter.

»Danach trinkst du wie ein Verdurstender. Einen ganzen Liter und noch mehr schüttest du in dich rein. Und dann denkst wieder: Für wen das alles? Und wenn du darauf keine Antwort weißt, hältst du das nicht durch. Aber ich hab ja gewusst wofür«, wiederholte er dann. »Für meine Familie!« Wieder schwieg er einen Moment lang. »Und dann ist mir die Familie Stück für Stück verloren gegangen. Zuerst meine Frau, die früh gestorben ist und Jahre später habe ich Tina verloren. Tina, für die ich wahrscheinlich zu wenig getan habe. Ich war ja immer auf Arbeit. Und nach der Maloche war ich kaputt wie tausend Mann.«

Sven unterbrach ihn nicht, er nickte nur. Was mit seiner Tina war, wagte er nicht zu fragen, obwohl er merkte, wie er neugierig wurde. Aber da galt unabänderlich, dass er sich an Karla halten musste und an niemand anderen.

»Deshalb darfst du ihr nicht wehtun, Junge, hast du verstanden? Mir ist niemand anderer geblieben außer Karla. Ohne sie wäre nicht nur mein jetziges Leben leer, sondern alles, was ich früher gemacht habe, verlöre seinen Sinn.«

Sven verstand ihn plötzlich. Klar, früher hat er sich einreden können, die harte Maloche im Stahlwerk für Frau und Kind zu machen. Seit er beide verloren hat, bleibt ihm nur noch die, an die er früher nicht denken konnte, weil es sie noch gar nicht gab. Aber jetzt gibt es sie, nur noch sie.

»Opa«, sagte er und gebrauchte das Wort zum ersten Mal ganz bewusst, »Opa, ich tue alles, um Karla nicht verlieren. Ich würde sie niemals verletzen, ganz bestimmt nicht. Ich brauche sie doch.«

Der Opa nickte. »Ja, Junge, ich glaub dir. Ich spüre, dass du sie liebst. Und deshalb bin ich auf dich ja auch nicht …« Er kicherte plötzlich wie ein kleiner Junge.

Das darf nicht wahr sein, dachte Sven. Das kann der Opa doch nicht wirklich denken, so was gibt es doch gar nicht.

» …eifersüchtig«, vollendete der Opa seinen Satz.

Also doch. Sven rieb sich über die Stirn. Unglaublich, dachte er, so was kann es doch gar nicht geben.

»Ja, Junge«, fuhr er fort, »sonst sind die Väter eifersüchtig auf die Freunde ihrer Töchter. Bei uns ist es der Opa, der auf die Freunde seiner Enkelin achtet.« Er musste selber lachen, Sven schaute ihn ungläubig an. Der Opa bemerkte es.

»Gut, ein bisschen habe ich übertrieben«, sagte er, »das stimmt. Aber glaub mir, auf ihren Australier war ich wirklich eifersüchtig, von Anfang an. Ich habe sofort gemerkt, dass er ihr nicht gut tut. Ich wollte nicht, dass sie mit ihm zusammen war. Der wird sie mal hintergehen, habe ich gedacht, der ist nicht ehrlich zu ihr.« Er unterbrach sich und schaute Sven fest in die Augen. »Und? Habe ich nicht Recht gehabt?«

Sven musste plötzlich lachen. Einerseits, weil die Erklärungen des Opas wirklich komisch waren, andererseits, weil ihm plötzlich ein Verdacht kam.

»Und, um gegen ihn zu arbeiten, bist du da immer hier in der Wohnung … ich meine, wenn dieser Frank gekommen ist …«

Jetzt lachte auch der Opa. »Klar bin ich hier geblieben. Wo ich ihn stören konnte, habe ich das getan. Dich habe ich von Anfang an gemocht. Schon als du mir auf der Treppe entgegen gekommen bist, habe ich gewusst: Der ist richtig. Das ist Menschenkenntnis, mein Junge. Die kriegt man aber erst im Laufe eines langen Lebens.«

Sven streckte ihm die Handfläche entgegen, der Opa klatschte ihn ab, so wie Sven und seine Freunde das taten, wenn Borussia ein Tor geschossen hatte.

»Und siehst du, Junge, jetzt habe ich noch eine Bitte«, fuhr der Opa grinsend fort.

Sven nickte. »Ich verstehe. Nein, von mir aus musst du nicht mehr abhauen, wenn ich komme. Du kannst auch drüben im Zimmer bleiben.«

Der Opa schien wirklich erleichtert zu sein.

»Danke, Junge«, sagte er.

Danke dafür, dass er in seiner eigenen Wohnung bleiben durfte, dachte Sven. Aber er wunderte sich nicht mehr darüber. Zu merkwürdig waren schon die übrigen Erklärungen des Opas gewesen.

6

Plötzlich stand Alex in der Wohnung. Sven hatte sich schon gewundert, wer da am frühen Freitagabend plötzlich bei ihm Sturm geklingelt hatte. Wenn ein Freund mit ihm durch die Diskos ziehen wollte, wie sie das manchmal machten, würde er später kommen und vorher eine SMS schicken oder anrufen. Und dann würde er vor allem nicht so wild klingeln.

Sven wunderte sich, drückte zögerlich den Türöffner und hörte im nächsten Moment, wie jemand die Treppe raufgestürmt kam. Schließlich sah Sven, dass es Alex war, der aber nicht stehen blieb, als er den Treppenabsatz erreichte, sondern an ihm vorbei in die Wohnung rannte.

»Los, mach die Tür zu!«

»Die Tür zu? Warum denn so eilig?«

»Mach es und frag nicht so viel.«

Sven verstand überhaupt nichts.

»Was ist denn los?«

Alex antwortete nicht sofort, sondern rannte weiter in die Küche und warf sich dort auf einen Stuhl. Dann sah er Sven mit funkelnden Augen an.

»Was soll schon los sein? Nichts ist los, außer dass ich die Hacken beim Brennen habe.«

Sven merkte, dass eine längere Geschichte dahinter steckte.

»Soll ich uns einen Kaffee kochen?«

»Ein Bier wäre mir lieber.«

Sven hatte noch eine Flasche im Kühlschrank, holte sie

raus, öffnete sie wie üblich mit den Zähnen, was bei Karla jedes Mal einen Entsetzensschrei ausgelöst hatte und reichte sie Alex. Der nahm sofort einen tiefen Zug.

Sven hockte sich auf einen Stuhl ihm gegenüber und wartete, bis Alex die Flasche auf den Tisch gestellt hatte.

»Nun komm schon, spuck 's aus.«

Alex rülpste.

»Berat ist hinter mir her«, sagte er dann.

»Berat? Welcher Berat?«

»Na der, der die Szene auf der Brückstraße beherrscht. Zusammen mit diesem Marco, der aber gerade sitzt. Deshalb hat Berat das Feld in den nächsten zwei Jahren für sich alleine.«

Sven konnte sich an keinen Berat erinnern. Er mied allerdings auch Kontakt zu dubiosen Typen, einmal aus Angst vor den Schwierigkeiten, die das nach sich zog, vor allem aber aus dem Gefühl heraus, nicht auf deren Seite zu gehören. Wenn er sein Studium zu Ende brachte, würde er auf der anderen stehen.

»Aber was hast du damit zu tun? Seit wann gehört die Brückstraße zu deinem Revier?«

»Gehört sie ja gar nicht. Glaubst du im Ernst, dass ich da mitmische? Mann, hast du eine Ahnung, was da los ist.«

»Dann kann dir auch nichts passieren. Weshalb sollte dieser Berat dich auf dem Kieker haben, wenn du nicht mitmischt?«

Alex druckste rum.

»Na ja, so ganz richtig ist das auch nicht. Also, ein bisschen habe ich doch …«

»Bist du wahnsinnig?« Sven hörte sich plötzlich schreien. »Du kannst doch nicht bei kriminellen Schweinereien mitmachen. Was hast du dir dabei gedacht?«

»Gedacht?« Alex war plötzlich ganz kleinlaut. »Ich habe mir dabei gedacht, dass ich meine Schulden loswerden muss, das hab ich mir gedacht. Und deshalb hab ich mit

Berat gesprochen. Weißt du, so ein bisschen dealen … Gibt doch immer Gäste, die fragen, ob man Stoff hat, weil sie sich eine Line ziehen wollen. Mann, ich hab die Kohle nötig. Soll ich mir jede Chance entgehen lassen?«

Sven atmete tief durch. Du hättest mich fragen können, ich hätte dir was geliehen. Gerne hätte er diesen Satz gesagt, aber er wusste, dass er sinnlos war. Er hatte selber kein Geld.

»Und, was hatte Berat dagegen, dass du dealst?«, fragte er stattdessen.

»Gar nichts. Der war sogar froh, dass ich kam. Am Alten Markt hat er seine Finger noch nicht im Spiel. Da hat er wohl gehofft, durch mich sein Revier vergrößern zu können.«

»Und wieso ist er dann hinter dir her?« Sven ahnte, dass Alex zu seiner ersten großen Dummheit noch eine weitere begangen hatte. Immer passierten bei ihm irgendwelche Dummheiten, die sonst niemand anderem unterliefen. Einmal hatte er bei Ebay überteuert irgendwelche Dinge versteigert, es hatte eine Anzeige gegeben, er musste Strafe bezahlen und durfte nichts mehr bei Ebay verkaufen. Dabei war er immer klamm und auf jeden Cent angewiesen. Ganz genau, warum das so war, wusste Sven nicht. Alex zockte, vermutete er. Pferdewetten, Fußballtipps, alles Mögliche. Aber bisher schien er es noch halbwegs im Griff zu haben. Er musste den einen anpumpen, um bei dem anderen das Loch zu stopfen, aber mit der Zeit hatte er das Geld immer noch zurückgezahlt. Von ein paar Kleinigkeiten abgesehen.

Aber was war jetzt geschehen?

»Zuerst musste ich Berat das Geld für den Stoff sofort bezahlen«, erklärte Alex. »Ich musste mir die Kohle leihen und hab sie später zurückgezahlt. Ein bisschen was ist für mich hängen geblieben. Aber das war zu wenig, damit kam ich nicht von meinen anderen Schulden runter.«

»Also hast du dir den Stoff von Berat geliehen?«

Alex nickte.

»Ja, und der hat mir vertraut.« Stolz sprach aus seinem

Blick, als er das sagte. »Dann habe ich den Stoff während der Arbeit verkauft, immer auf der Toilette und hab meine alten Schulden beglichen.«

Noch immer war ihm der Stolz anzusehen.

»Sag bloß, du Idiot hast bei Berat Schulden gemacht, um deine anderen zu begleichen? Oder um weiter zocken zu können?«

Alex nickte. Der Stolz verschwand aus seinem Gesicht.

»Na, herzlichen Glückwunsch. Darauf muss man erst mal kommen. Schulden loswerden bei irgendwelchen Kumpels, indem man welche bei einem Verbrecher macht. Auf so eine blöde Idee kannst auch nur du kommen.«

»So blöd war die gar nicht. Ich hätte nur mehr Zeit gebraucht. Ein paar Tage nur, dann hätte ich das Geld für Berat zusammen gehabt.«

»Ein paar Tage nur, das glaubst du doch selbst nicht.«

»Doch, so war das nämlich verabredet. Bis zum Wochenende sollte ich Zeit haben. Aber dann kamen die Kettenhunde von Berat schon vorgestern ins Lokal und wollten das Geld für den Stoff.«

»In unser Lokal sind die gekommen? Bist du wahnsinnig? Solchen Typen sieht man kilometerweit an, wer sie sind. Willst du deinen Job verlieren?«

»Den habe ich sowieso verloren. Glaubst du, ich kann da noch mal hingehen? Mich Berat auf dem Präsentierteller zeigen?« Er schüttelte den Kopf. »Ne, das ist vorbei.«

»Wie viel schuldest du Berat denn?«

Alex zögerte mit der Antwort. »Knapp zweitausend«, sagte er dann.

»Ach du Scheiße.«

Sven brauchte erst mal ein paar Sekunden, um diese Summe zu verarbeiten. Das war mehr als er in zwei Monaten verbrauchte. Und sehr viel mehr verdiente Alex auch nicht. Wie viel Jahre wollte er denn sparen, um diese Summe zusammen zu kriegen, zusammen mit den übrigen Schulden, die er ja auch noch hatte? Sven lag die Frage auf der Zunge, aber er traute sich nicht, sie zu stellen. Wahrscheinlich wusste Alex darauf selber keine Antwort und er wollte ihn nicht entmutigen. Eine Zeitlang schwiegen sie.

»Weiß du, dass ich riesiges Glück gehabt habe«, sagte Alex dann.

»Ne, woher auch.«

»Beim ersten Mal bin ich Berats Kettenhunde noch losgeworden. Hab denen erzählt, dass ich das Geld nicht dabei hätte. Dass ich es erst von zu Hause holen müsste, aber ich dürfte nicht weg von der Arbeit. Das haben sie geglaubt und sich dann verzogen. Aber heute, als ich Feierabend machen wollte, standen sie wieder da, breitbeinig, mitten auf dem Alten Markt. Die beiden Kettenhunde und Berat in der Mitte. Da habe ich so getan, als würde ich zur Theke gehen, aber im letzten Moment, bevor ich den Laden betrat, bin ich los gerannt. Zuerst in Richtung Karstadt, aber aus den Augenwinkeln habe ich gesehen, dass sie sofort hinter mir her waren. Einen Augenblick lang habe ich überlegt, ob ich ins Kaufhaus laufen sollte und sie da im Gedränge loswerden könnte, aber am Eingang standen gerade jede Menge Leute. Bis ich an denen vorbei gewesen wäre, hätten sie mich gehabt. Also bin ich in die kleine Passage gerannt, die zum Westenhellweg führt und von da nach rechts abgebogen Richtung Reinoldikirche. Die Typen sind mir immer auf den Fersen geblieben, nicht Berat, der ist durch all das, was er sich inzwischen leisten kann, zu fett geworden, um schnell zu laufen. Aber die beiden anderen.«

Sven musste grinsen, genau wie Alex, obwohl ihn die Erinnerung, die die Erzählung in ihm auslöste, sichtbar mitnahm. Es tat gut, wenn man sich über seine Feinde lustig machen konnte.

»Nun sag schon, wie bist du ihnen entwischt?«

»Indem ich in die Kirche gelaufen bin.«

Jetzt musste Sven laut los lachen. Einerseits, weil ihn die

Vorstellung, wie Alex in die Kirche gerannt war, amüsierte, andererseits, weil er auch ein bisschen erleichtert war. Mit Leuten, die die Brückstraße dominierten, war nicht zu spaßen.

»Hast du bei der Gelegenheit auch gleich die Beichte abgelegt?«

»Ich denke, das ist eine evangelische Kirche.«

»Hey, du kennst dich ja aus. Aber ich hätte das gar nicht zu fragen brauchen, du kannst es schon aus einem anderen Grund nicht gemacht haben. Wenn doch, wärst du noch lange nicht hier.«

»Mann, hör auf mit deinen blöden Witzchen.«

Alex schien wirklich ärgerlich zu sein. »Was glaubst du, wie ich gezittert habe, ob sie hinterher kommen. Ob sie gesehen haben, dass ich in Reinoldi geflüchtet bin. Ich hab mich in eine Bankreihe gequetscht, ganz klein gemacht und beinahe wirklich angefangen zu beten.« Er atmete tief durch. »Aber sie sind nicht gekommen. Vielleicht haben sie nicht gesehen, wohin ich gelaufen bin. Vielleicht war ihnen die Kirche als Ort für eine Abrechnung aber auch nicht geheuer.«

»Glaubst du das wirklich?«

Alex ging nicht darauf ein.

»Weißt, die ganze Sache ist großer Mist. Ich hab mir ja nicht mal meinen Tagesverdienst auszahlen lassen, weil ich sofort weg musste. Und wie soll ich jetzt in unser Lokal gehen, wenn Berat nur darauf wartet, dass ich da auftauche?«

Sven hatte plötzlich einen bösen Verdacht.

»Sag mal, weiß der Berat etwa, wo du wohnst?«

Alex nickte. »Klar weiß er das.«

»Und deine anderen Kumpels, Frank oder Justin, kennt er die auch?«

Alex antwortete nicht, er sah ihn nur prüfend an. Sven begriff.

»Verstehe ich das richtig, dass du bei mir untertauchen willst?«

»Nun hab dich nicht so. Ist ja nur für ein paar Tage. Vergiss nicht, dass ich dich auch aus dem Dreck gezogen habe, wenn du einen Durchhänger hattest.«

Durchhänger, ja das ist der richtige Begriff, dachte Sven, Durchhänger hatte ich. Aber das ist was anderes als einen Kriminellen an den Hacken zu haben. Einen, der vor nichts zurückschreckt.

»Komm, stell dich nicht so an. Die kleine Rumpelkammer mit dem alten Sofa reicht doch für mich.«

Tatsächlich gehörte neben Svens Zimmer und der Küche noch eine Abstellkammer zur Wohnung, in der Sven alles stapelte, was ihn störte, er aber nicht wegwerfen wollte. Es kam schon mal vor, dass jemand dort schlief. Selbst Karla hatte sich einmal dorthin zurückgezogen, als sie wegen irgendeines Streits, dessen Anlass er längst vergessen hatte, wütend auf ihn gewesen war.

Sven seufzte. Er hatte sich daran gewöhnt, allein zu sein mit seinen Gedanken. Es tat ihm gut, ungestört von allem an Karla zu denken, dann war sie ihm nahe. Dann hatte er das Gefühl, dass sie noch bei ihm war. Wenn ein anderer in seiner Wohnung rum lief, wäre das nicht mehr möglich, dann würde er Karla endgültig aus Svens Leben vertreiben. Dazu war Sven aber nicht bereit. Er fühlte eine tiefe Unruhe, als er das dachte.

Alex schien es zu spüren.

»Du bist anders geworden, seit Karla nicht mehr da ist. Manchmal verstehe ich dich nicht.«

Sven antwortete nicht. Wozu auch, es stimmte ja, was Alex sagte. Ohne Karla war er einer, der keinen Grund unter seinen Füßen spürte und nicht wusste, wo er welchen finden sollte. Der nach einer Richtung Ausschau hielt und nirgendwo ein Ziel fand. Er starrte auf den Bastteppich, den er unter Küchentisch und Stühle gelegt hatte.

»Was ist jetzt?« Alex` Stimme klang plötzlich wie von ganz weit entfernt. »Kann ich nun bleiben oder nicht?«

Sven seufzte, es half ja doch nichts. Ihn vor die Tür zu setzen, um dann zu hören, dass Berat ihn verprügelt hatte, würde er nicht durchhalten. Es gab schon genug, das ihn bedrückte.

Sie gingen rüber in das kleine Zimmer. Sven suchte ein Kopfkissen und zwei Decken aus dem Schrank, Alex räumte das Sofa von Gerümpel frei, dann standen sie einen Moment lang schweigend nebeneinander.

»Geht doch«, sagte Sven.

»Viel besser habe ich es zu Hause auch nicht. Vor allem nicht aufgeräumter.« Alex lachte.

Dann gingen sie zurück in die Küche, Sven kochte Tee. Sie warteten, bis es dunkel wurde, dann trat zuerst Sven vorsichtig aus dem Haus. Er ging ein paar Meter in Richtung Hauptstraße, achtete auf jedes parkende Auto am Straßenrand und vor allem darauf, ob sich darin merkwürdige Typen aufhielten. Erst als er sicher war, dass ihnen niemand auflauerte, ging er zurück und holte Alex, der hinter der Tür gewartet hatte.

»Los, komm. Hier ist keiner.«

An der S-Bahnhaltestelle wiederholte sich das Spiel. Sven ging vor, Alex hielt sich zurück. Am leichten Zittern der Finger merkte Sven, dass Alex wirklich Angst hatte.

Dem Haus in der Braunschweiger Straße, in dem Alex wohnte, näherten sie sich mit noch größerer Vorsicht. Über eine Seitenstraße schlichen sie sich an und drückten sich, bevor sie um die Ecke lugten, dicht an die Häuserwand. Hier, im Schatten, waren sie kaum auszumachen.

Sven blickte zuerst um die Ecke. Stand da jemand vor dem Haus, gab es da merkwürdige Typen, die in der Nähe herumlungerten? Nein, auch hier schien die Luft rein zu sein. Alex wollte sich vordrängeln, wollte die Szenerie selber in Augenschein nehmen, aber Sven drängte ihn zurück.

Erst wollte er noch die Autos kontrollieren. Solche Typen versteckten sich gerne in der Dunkelheit ihrer abgestellten Wagen. Aber die Straße vor dem Haus war frei, zwei Wagen standen etwas abseits, aber darin befand sich, so weit Sven es sehen konnte, niemand.

»Los, komm.«

Alex blieb hinter ihm, als sie auf das Haus zuliefen. Je näher sie zur Haustür kamen, desto größer ließ er den Abstand werden. Sven war genervt.

»Komm jetzt, hier ist keiner.«

Sie stürmten die Treppen hoch, Alex noch immer hinter ihm. In der Wohnung war es ungemütlich kalt, überall lagen Klamotten auf der Erde, die Spüle war voll gestopft mit benutztem Geschirr. Wirklich gut eingerichtet war Alex auch nicht, die Möbel waren alt und sahen verbraucht aus. Seiner Wohnung war jedenfalls nicht anzusehen, wofür er all sein Geld verpulverte, das er sich zusammenlieh. Und seit neuestem auch noch zusammendealte. Er hatte nicht einmal ein Auto. Also doch irgendeine Zockerei.

Diese Wohnung hätte Karla mal sehen müssen, dachte er, die immer schon gemeckert hatte, wenn nur ein paar Socken auf dem Fußboden rum lagen. Ob die Frauen, die Alex abschleppte, keinen Anstoß daran nahmen? Egal, das ging ihn nichts an. Ab jetzt ging es nur darum, dass Alex ihm nicht seine Wohnung zumüllte.

Alex zog eine Sporttasche und einen kleinen Koffer aus dem Schrank, Sven half ihm, Wäsche, Hemden, Hosen und zwei Jacken hineinzustopfen. Welche Klamotten Sven für ihn aussuchte, schien ihm egal zu sein, wichtiger waren ihm die CDs, die er sorgfältig aussuchte. Nachdem er den CD-Player eingesteckt hatte, kam er noch auf die Idee, zwei Schlafanzüge einzupacken, dann wollte er schnell weg.

»He, willst du etwa meine Zahnbürste und meinen Rasierer benutzen?«

Alex schaute ihn im ersten Moment verblüfft an, dann grinste er.

»Ne, deine Siffkrankheiten kannst du alleine behalten.«

Kurz drauf schlichen sie sich wieder aus dem Haus, diesmal Alex voran. Sven kamen plötzlich Zweifel. Ob die Sache wirklich so gefährlich war wie Alex sie darstellte? Aber wenn sie es nicht wäre, was versprach sich Alex dann davon? Unsinn, dachte Sven, welchen Vorteil sollte er davon haben, in meiner Wohnung zu leben? Nein, Alex hatte Angst, anders war sein Verhalten nicht zu erklären. Er war in eine Sache hinein geschliddert, von der er nicht wusste, wie er wieder rauskommen sollte.

7

Seine Eltern besaßen eine Haushälfte in einer Zechensiedlung mit einem Garten dahinter, in dem sie früher Gemüse angepflanzt hatten, der nun aber schon lange eingesät war. Der Name Zechensiedlung stimmte nicht mehr, obwohl er noch immer verwendet wurde. Schon zu Svens Kindheit hatte hier kein Bergmann mehr gewohnt, sein Vater war ja auch keiner. Aber ganz früher war der Name berechtigt gewesen, wie Sven aus den Erzählungen seiner Eltern wusste. Ursprünglich war die Siedlung nämlich für die Bergarbeiter einer nahe gelegenen Zeche gebaut worden. Als sie still gelegt wurde, waren die Häuser verkauft worden, eines davon an Svens Opa, der es seinem Sohn vererbt hatte. Seither hatten die Häuser oft ihren Besitzer gewechselt, nur sein Vater hatte nie an Verkauf gedacht. Er gehörte hierher, war seine Einstellung. Und hier würde er auch bleiben bis zu seinem Lebensende.

In letzter Zeit waren junge Familien in die Siedlung gezogen, hatten den grauen Putz der Häuser abgeklopft und braune Ziegelsteinwände frei gelegt. Das gab den Häusern ein wohnliches Äußeres. Da aber zwischendurch immer noch Häuser mit bröckelndem Putz standen, wozu auch Svens Elterhaus gehörte, war es ein Eindruck, der sich nicht auf die ganze Siedlung übertrug.

Sven fielen die Gegensätze immer dann auf, wenn er lange nicht zu Hause gewesen war. Er hatte sowieso wenig Lust, hierher zu kommen, denn mit seinem Vater gab es meistens

Streit, egal, welches Thema sie ansprachen. Seit er sich auf Wunsch der Mutter mit seiner Meinung zurück hielt, hatte sich die Situation nur oberflächlich entspannt. Von da an nervte Sven die Heuchelei, mit der sein Vater auf Geschichten von ihm reagierte, denn er merkte ganz genau, was ihm missfiel.

Aber er konnte seine Mutter nicht im Stich lassen. Wenn er sich lange nicht meldete, war sie es, die ihn anrief.

»Komm doch mal wieder vorbei, Junge.«

Es waren nicht die Worte, die ihn betroffen machten, sondern die Trauer in ihrer Stimme.

Immer, wenn er kam, blieb er erst mal am Eingang der Siedlung stehen, blickte sich um und stellte die Veränderungen fest. Dort drüben war vor einiger Zeit ein alternatives Ehepaar eingezogen, eine Antiatomkraftfahne verriet das, die aus dem Gaubenfenster hing. Wenn sich die meisten inzwischen längst an diese Fahnen gewöhnt hatten, wenn sie die Botschaft sogar begrüßten, gab es hier doch immer noch einige, die sich darüber ärgerten. Svens Vater gehörte dazu.

»Wie sollen wir diesen ganzen Ökostrom bezahlen? Glauben die etwa, wir sind Rockefeller?«

Der Vergleich mit diesem Uraltreichen, den junge Leute kaum noch kannten, verriet viel über sein Denken. Sein Vater steckte in längst vergangenen Vorstellungen fest.

In vielen Gärten war eine Borussenfahne gehisst worden. Die Stadt lebte mit ihrem Verein, manchmal hatte Sven den Eindruck, als wäre die ganze Stadt dieser Verein. Wie man in Eving stolz war auf das Gymnasium, um von anderen Schwächen abzulenken, war man in Dortmund stolz auf den BVB.

Drüben war die Ecke, an der sein Freund Holger überfahren wurde. Immer, wenn er durch die Siedlung ging, musste er dorthin blicken, immer fiel ihm dann die schreckliche Szene mit Holger ein. Nicht einmal zehn Jahre alt war Holger gewesen, als er starb. Sie hatten gerne zusammen gespielt, beim Fußball hatten sie immer dafür gesorgt, dass sie in einer Mannschaft waren.

Holger bekam, wenn er sich anstrengte, einen hochroten Kopf, aber er kämpfte verbissen um jeden Ball und meistens gewannen sie.

Eines Nachmittags hatten sie sich wieder verabredet. Das heißt, richtig verabreden mussten sie sich gar nicht. Wenn der eine nach draußen kam, dauerte es nicht lange, bis auch der andere erschien. Sven war an jenem Tag zuerst aus dem Haus gekommen, kurz darauf kam auch Holger angerannt, sprang auf die Straße, übersah das Auto, das mit hohem Tempo durch die Siedlung fuhr und wurde von der Motorhaube in Höhe des rechten Scheinwerfers erwischt. Reifen quietschten, Glas splitterte, Holger wurde auf den Bürgersteig geschleudert. Sven wollte hinüber rennen, aber im nächsten Moment war schon seine Mutter hinter ihm und hielt ihn zurück.

»Geh da nicht hin. Schau dir das nicht an. Geh rein und bete für Holger.«

Sven hatte tatsächlich gebetet, in dem kleinen Stall hinter dem Haus, ganz für sich allein. Aber Gott hatte ihn nicht erhört, er hatte Holger nicht geholfen. Mit Holgers Unfall war der Tod in sein Leben getreten, seither wusste er, dass es ihn gab, auch in seinem Umfeld. Er hatte danach nie mehr gebetet.

Durch diese Geschichte hätte er wissen müssen, wie schnell er kommen konnte, der Tod. Ein falscher Schritt nur, ein Moment der Unachtsamkeit und er konnte da sein. Als er vor ein paar Wochen, kurz nach Karlas Tod, seine Eltern besuchte und er wieder an Holger denken musste, war ihm das aufgefallen und er hatte noch mehr mit sich gehadert. Verdammt, er hätte die Gefahr im Tunnel spüren und Karla in Sicherheit bringen müssen. Warum, um Himmels Willen, hatte er es nicht getan?

Er war innerlich aufgewühlt gewesen, wütend auf sich selber, als er kurz drauf mit seinen Eltern am Küchentisch gesessen hatte. Er hatte geschwiegen, während seine Eltern irgendwelchen Nachbarklatsch erzählten und er sich fragte, ob es gut gewesen war, in dieser Stimmung zu ihnen zu gehen. Ja, es war gut gewesen, hatte er gedacht, vor allem für ihn selbst.

Seine Mutter hatte seine Stimmung bemerkt, vermutlich sogar sein Vater. Wahrscheinlich hatten sie deshalb den belanglosen Nachbarschaftskram erzählt und jede Anspielung auf Karla vermieden. Einfach, um etwas zu sagen und die Stimmung aufzuhellen.

Nur seine Mutter hatte zwischendurch einmal unmerklich genickt und leise gemurmelt: »Ich weiß schon.« Aber dass es nicht einfach Karla gewesen war, die ihn bewegt hatte, sondern der Gedanke an seine eigene Schuld, konnte sie nicht wissen.

Hinterher, nach der Verabschiedung von seinen Eltern und nachdem seine Mutter ihm wie meistens etwas Geld zugesteckt hatte, hatte er nicht einmal gewusst, ob er überhaupt etwas erzählt hatte.

Seitdem war er nicht mehr bei ihnen gewesen. Es wurde also, das wusste er, längst höchste Zeit.

Als er jetzt wieder hinging, blieb er nicht am Siedlungseingang stehen und versuchte, nicht an Holger zu denken, sondern stürmte gleich auf sein Elternhaus zu. Er musste nicht klingeln, sie hatten ihn gedrängt, einen Schlüssel zu behalten. Sein Vater war gerade von der Arbeit gekommen, hatte nicht einmal seine Jacke ausgezogen, sondern saß mit Svens Mutter am Wohnzimmertisch und trank Kaffee.

»Ach, wie schön, dass du gekommen bist!«, rief seine Mutter, als er eintrat. Er holte sich Orangensaft aus dem Kühlschrank, bevor er sich zu ihnen setzte.

Sie tauschten ein paar Floskeln aus, dann fing seine Mutter ganz unvermittelt an, von Karla zu sprechen.

»Es tut uns so Leid um sie«, sagte sie. »Auch wenn du sie selten mitgebracht hast, haben wir sie doch gern gehabt. Du doch auch, Rainer.«

Sein Vater nickte.

»Wir sehen ja, wie du leidest. Und es tut so weh, dass wir dir nicht beistehen können.«

Dir, dachte Sven, dir tut es weh. Papa ist es doch egal. Dann bringe demnächst eine andere mit, was soll 's? Das ist es doch, was er jetzt denkt.

»Ich glaube, sie war wirklich die richtige für dich«, fuhr seine Mutter fort. Sven schaute sie überrascht an. Wieso denn das? Seine Mutter bemerkte den Blick.

»Na ja, sie war so zupackend. Sie wusste, was sie wollte.« Jetzt lächelte seine Mutter verlegen.

Und ich weiß das nicht, dachte Sven. Nun sag schon, dass du das meinst.

Seine Mutter schien zu merken, dass sie für ihre Trostrede den falschen Einstieg gewählt hatte.

»Na ja, jeder braucht einen, der ihm hilft, den richtigen Weg zu finden. Und ich meine, dass Karla so eine für dich gewesen ist.«

Gut, das klang jetzt so, dass auch Sven einverstanden sein konnte. Er hatte ja selbst gemerkt, wie gut es ihm tat, dass Karla so schnell Entscheidungen treffen konnte, während er oft zögerte.

Er lächelte seine Mutter an, die ebenso erleichtert wie dankbar nach seiner Hand griff und sie drückte.

»Was ist denn eigentlich mit deinem Studium?«

Das war der andere Tonfall, den er von Zuhause gewöhnt war. Wo seine Mutter zurückhaltend, liebevoll war, fiel sein Vater mit der Tür ins Haus. Dass jeder einen brauchte, der ihm zeigte, wo es lang ging, hatte er sofort auf Svens Studium bezogen. Immer unterstellte er ihm, dass er bummelte oder es nicht schaffte. Immer ließ er durchblicken, dass er überhaupt gegen das Studium war.

»Was willst du denn damit anfangen?«, hatte er ihn ein paar Mal gefragt. »Sozialarbeiter werden und kaputte Typen retten, denen sowieso niemand helfen kann? Willst du das werden?«

Es hatte keinen Zweck, mit ihm darüber zu diskutieren, sein Menschenbild war festgefahren. Wenn Sven es doch versucht hätte, wäre er mit irgendeinem Lehrling aus ihrem Betrieb gekommen, dem sie großzügig eine Chance geboten hatten, obwohl er nach Meinung seines Vaters schon halb kaputt war und der seine Chance nicht genutzt hatte. Ein Beispiel, das dann für alle galt. Was sollte er dagegen sagen?

Dass er nach der Klasse 10 an der Gesamtschule blieb und Abitur machte, hatte sein Vater noch unterstützt. Mehrere seiner Arbeitskollegen hatten Kinder, die das auch machten. Aber Studium, das war etwas, was er sich nicht vorstellen konnte. Es hatte noch nie jemand aus seiner Familie studiert. Sein Vater hatte immer gewusst, dass seine Familie nach unten gehörte. Es war immer so gewesen und würde auch so bleiben. Nur bei Borussia war das anders. Da war ihm schon ein zweiter Platz zu wenig. Ja, der Verein musste in dieser Stadt für alles herhalten, was sonst nicht möglich schien.

Aber diesmal hatte sein Vater ja Recht mit seiner Frage. Verdammt, es stimmte ja, er hatte den Faden verloren. Sven versuchte, sich nichts anmerken zu lassen.

»Es läuft so.«

»Aha, es läuft also.«

Hatte sein Vater das Zögern in seiner Stimme bemerkt? Er schaute kurz zu ihm hinüber, aber dem Gesichtsausdruck war nichts zu entnehmen. Aber es musste doch ein Zweifel in der Stimme seines Vaters gelegen haben, denn Svens Mutter fing plötzlich an, ihn zu verteidigen.

»Nun lass den Jungen doch erst mal zu sich kommen. So einen Verlust zu erleiden, da braucht er Zeit.«

Dankbar schaute Sven seine Mutter an. Das ist es, Mama,

hätte er ihr am liebsten gesagt, du verstehst mich. Wenn auch nicht ganz, denn siehst du, ich weiß selber nicht, wie viel Zeit ich brauche. Ich weiß nicht einmal, ob es allein die Zeit ist, die ich brauche, oder etwas ganz anderes. Nämlich dass ich Karla wieder haben muss. Aber das geht ja nicht, ich weiß das, nur ich fühle es nicht. Ich fühle immer noch, dass sie zurückkommen muss.

Er senkte den Blick, denn er spürte selbst die Trauer darin. Sie sollten sie nicht sehen. Sein Vater nicht, aber auch nicht seine Mutter, weil er wusste, wie viel Sorgen sie sich machen würde, wenn sie es bemerkte.

Sein Vater schaute ihn prüfend an, dann nickte er. Sven war nicht wirklich erleichtert. Seinem Vater konnte er noch etwas vormachen, aber nicht sich selbst. Brauchte er vielleicht wirklich Druck? Konnte es sein, dass seine Mutter mit ihrer Andeutung über Karla Recht hatte?

Plötzlich kam ihm der Gedanke, dass dies sogar der eigentliche Grund für den Besuch bei seinen Eltern sein könnte. Vielleicht hatte er ja insgeheim, ohne dass es ihm vorher bewusst war, auf die Frage seines Vaters gewartet. Und dann auf seine eigene Trotzreaktion. Nein, sein Vater durfte nicht Recht behalten, er musste sein Studium schaffen. Sonst könnte sein Vater einen Triumph feiern, den er ihm nicht gönnte.

Ja, dachte Sven, so könnte es sein. Wir machen uns was vor, wir alle tun das. Warum sollte ausgerechnet ich eine Ausnahme bilden?

Seine Mutter fing jetzt an, von Tante Hilde, ihrer Schwester, zu erzählen, Hilde hatte sich mit über fünfzig scheiden lassen und seitdem laufend neue Männergeschichten. Ihr Sohn fand das in Ordnung, ihre Tochter war dagegen empört. Sie hätte in dem Punkt Svens Vater die Hand reichen können, während seine Mutter nicht wusste, was sie von ihrer Schwester halten sollte.

Sven hörte nur halb hin, es war ihm egal. Wer mit offenen

Augen durch Dortmund lief, wusste, dass es Schlimmeres gab. Er blickte sich um, es war wie immer alles super aufgeräumt und blank gewienert. Auf dem Schrank schimmerten im einfallenden Sonnenlicht ölige Farben auf, Spuren von den Putzmitteln. Das war schon immer so gewesen. Seltsam leblos war ihm sein Zuhause vorgekommen, langweilig, ja spießig. Wahrscheinlich war er deshalb so früh wie möglich abgehauen.

Sven ließ seine Mutter reden, er reagierte auch nicht auf die Einwürfe seines Vaters, er nickte nur und schwieg. Dann stand er auf.

»Ich muss jetzt gehen.«

»Willst du denn nicht zum Abendessen bleiben?« Seine Mutter schien wirklich enttäuscht zu sein.

Er schüttelte den Kopf.

»Geht nicht, ich muss noch einen Freund treffen.«

Dass es ein Freund war, den er sowieso treffen würde, weil er in seiner Wohnung pennte, musste er ihr ja nicht auf die Nase binden. Seine Mutter umarmte ihn zum Abschied, sein Vater reichte ihm wortlos die Hand.

Macht nichts, dachte Sven, vielleicht hatte er ja vorher schon mit seiner knappen Frage das Entscheidende gesagt. Die Frage, die ihm die Richtung weisen könnte, nach der er so sehr suchte.

Quatsch, dachte er dann, wie konnte ihm die vorurteilsgeladene Meinung seines Vaters, die er sowieso zur Genüge kannte, irgendeinen Hinweis geben?

8

Sie waren sich nicht sicher, was sie machen sollten, um an Geld ranzukommen. Sven konnte noch in der Brasserie am Alten Markt arbeiten, aber weil dort Silke nach und nach die Lücke füllte, die Alex hinterlassen hatte und die Einteilung der Bedienungen mitbestimmte, gefiel es ihm nicht mehr. Wie zufällig teilte sie ihn immer zum unangenehmsten Dienst ein. Bei Regen an den Außentischen, wenn sich dort ein paar Besucher unter die Sonnenschirme quetschten, im Innenbereich dort, wo die meisten Gäste saßen und er den härtesten Job hatte. Jedenfalls kam es ihm so vor, als wenn Absicht dahinter stünde. Dass er dann mehr Trinkgeld bekam, brachte nichts, denn es galt als Ehrensache, das Trinkgeld zu teilen. Also ging er nur hin, wenn absolut Ebbe in seiner Kasse herrschte.

Für Alex war die Situation noch blöder. Er konnte dort gar nicht mehr arbeiten, selbst wenn er es gewollt hätte. Berat würde nur darauf warten, ihn dort zu entdecken und ihn sich dann vornehmen. Was blieb, war also nur, irgendwo anders Geld aufzutreiben, um Berat auszuzahlen. Aber wie sollte er das machen ohne Job?

»Hast du denn nicht irgendwo was liegen, kennst du nicht einen, den du anpumpen kannst?«

Alex reagierte sauer. »Was meinst du, weshalb ich zu Berat gegangen bin, um für ihn Stoff zu verkaufen? Weil mir die Euros nur so in der Tasche klimpern, und ich es einzig tue, weil ich es für eine Tat der Nächstenliebe halte?«

»Aber irgendwas musst du doch tun!«

Alex starrte vor sich hin.

»Mal sehen.«

Irgendwann, als Sven von der Arbeit in der Brasserie nach Hause kam, saß Alex nervös auf einem Stuhl am Küchentisch und trank Kaffee. Sven staunte. Kaffee trank Alex sonst nie. Kaffeetrinken ist Entspannung für alte Leute, hatte er ihm mal erklärt.

»Was ist los?«

»Ich habe Berat getroffen.«

»Um Gottes Willen!« Er starrte Alex an, aber der war völlig unverletzt.

Alex bemerkte seinen Blick und grinste.

»Aber ich habe ihn rechtzeitig entdeckt.«

Sven holte sich eine Tasse aus dem Schrank, goss sich den Rest des Kaffees ein und setzte sich zu ihm.

»Ich war auf dem Westenhellweg, Berat war in Höhe der Buchhandlung. Im letzten Moment, als er sich in meine Richtung drehen wollte, habe ich ihn bemerkt.« Alex unterbrach sich und atmete tief durch. »Ich bin dann sofort in die Thier-Galerie gestürzt, habe dann vom Eingang aus zu Berat geschielt, aber er ist nicht gekommen. Er hat mich also nicht gesehen.«

Selbst Sven musste tief durchatmen. Es reichte schon, dass ein gesunder Alex in seiner Wohnung ziellos rum hing, aber ein Verletzter, dessen Wunden er wie eine Krankenschwester behandeln musste, hätte ihm gerade noch gefehlt.

Sie beschlossen, dass Alex nur noch in Begleitung von Sven in die Innenstadt gehen sollte. Alex nickte, als wäre das eine Lösung. Dabei war ihre Abmachung meilenweit davon entfernt. Was sollte es bringen, wenn sie beide auf Berat und seine Leute trafen? Glaubte Alex allen Ernstes, dass sie in der Lage sein würden, die Bande in die Flucht zu schlagen? Und vor allem, was änderte es an der Gesamtsituation? Wie lange sollte Sven ihn an die Hand nehmen wie eine Mama? Wochen-, monatelang? Oder für immer? Dann könnten sie ja gleich heiraten. Trotzdem, etwas Besseres fiel ihm nicht ein. Und tatsächlich hielten sie sich daran.

Als sie kurz darauf wieder mal in der Innenstadt unterwegs waren, hatten sie plötzlich das Gefühl, beobachtet zu werden. Sie waren in der Nähe der Reinoldikirche, als sie sich plötzlich anblickten.

»Fühlst du das auch?«, fragte Alex.

Sven nickte.

Sie stellten sich ganz instinktiv in den Strom der vorbeieilenden Menschen, um weniger aufzufallen und blickten sich um. Nein, auf dem Alten Markt stand niemand, der sie beobachtete. Aus Richtung Osten- und Westenhellweg konnten sie auch kein Augenpaar entdecken, das auf sie gerichtet war, aber dann sahen sie es. Auf dem »Platz von Leeds«, von ihnen aus gesehen hinter der Reinoldikirche, standen zwei Typen von Mitte zwanzig, die schwerlich falsch einzuschätzen waren. Der eine in knappem T-Shirt, sichtlich stolz auf seine muskulösen Oberarme, der andere mit geschniegelter, öliger Frisur, weniger muskulös, dafür aber drahtiger als der andere. Zwei, die nicht in die Brasserie zum Alten Markt kommen würden, aber gut in ein Café an der Brückstraße passten. Dort, wo dieser Berat residierte.

»Ist einer von ihnen dieser Berat?«, fragte Sven.

Alex schüttelte den Kopf. »Aber das sind zwei von seinen Leuten. Jedenfalls glaube ich, den mit dem T-Shirt schon mal bei ihm gesehen zu haben.«

Sie blieben stehen und beobachteten die beiden weiter. Hatten die wirklich sie im Blick? Sven war sich nach ein paar Sekunden sicher. Er stieß Alex an.

»Los, weg hier!«

Sie liefen an der Reinoldikirche vorbei, Alex voran, Sven hinterher. Als er sich umblickte, sah er, dass die beiden Typen ebenfalls losgerannt waren.

Wohin jetzt, überlegte Sven. Sollten Sie den gesamten Ostenhellweg runter laufen bis zum Ring? Und was dann?

Vielleicht dann weiter durch die Kaiserstraße bis nach Brackel? Hatte er überhaupt so viel Kondition? Da kam ihm die rettende Idee!

»Die S-Bahn!«, rief er. »Los, renn in den Bahnhof und nimm die nächste Bahn!«

Sie rannten an der Dönerbude vorbei direkt auf den U-Bahnhof Reinoldikirche zu. Sie nahmen nicht die Rolltreppe, die viel zu langsam lief, sondern sprangen die Stufen hinunter. Zu welchem Bahnsteig jetzt? Alex überlegte einen Moment lang, dann rannte er nach rechts. Noch einmal mussten sie eine Treppe hinunterlaufen, dann sahen sie, dass dort an einem der beiden Gleise eine Bahn stand. Die mussten sie kriegen, dachte Sven, unbedingt mussten sie sie erreichen. Es wäre die Rettung. Und vielleicht war es sogar die nach Eving.

Er blickte sich um. Die Typen waren verdammt nahe herangekommen.

Bleib stehen, dachte Sven, jetzt wieder mit Blick auf die Bahn, warte noch ein paar Sekunden auf uns. Gerade in dem Moment, als sie die Bahn erreichten, hörten sie das Zischen der Tür. Mit einem Sprung waren sie drin, die Türen schlossen sich hinter ihnen. Sven blickte nach draußen. Die Typen waren nur noch fünf, sechs Meter von dem Waggon entfernt. Als die Bahn anruckte, stoppten sie ab. Der Muskeltyp ballte die Faust und drohte ihnen nach. Kein Zweifel, was das zu bedeuten hatte.

Glück gehabt. Sven ließ sich auf den erstbesten freien Platz fallen, den er erreichen konnte. Alex setzte sich ihm gegenüber.

Sie sprachen nicht miteinander, sondern pusteten erst mal durch. Als Sven nach draußen schaute, merkte er, dass die Bahn gar nicht nach Eving, sondern nach Brackel fuhr. Allzu viel Glück durfte man eben nicht erwarten.

»Das war knapp. Ein paar Sekunden später und die Bahn wäre weg gewesen.«

Sven verstand zuerst nicht. Hatte ihn da jemand angesprochen? Er blickte sich um und bemerkte, dass ihn der Mann auf der Sitzbank schräg gegenüber anlächelte. Er war etwa so alt wie er, hatte kurzes blondes Haar und ein schmales Gesicht. Irgendwoher kannte er ihn, aber woher? Der Mann schien zu merken, wie es in Sven arbeitete. Aber er half ihm nicht, er lächelte nur. Inzwischen fuhr die Bahn überirdisch.

»Mensch Robert, du bist das.« Plötzlich fiel es Sven ein. »Dich habe ich aber lange nicht gesehen.«

Der Mann nickte. »Na endlich hast du 's raus gekriegt. Hat aber lange gedauert.«

Stimmt, dachte Sven, auf Robert hätte ich früher kommen müssen.

Sie hatten zusammen Fußball gespielt, in der Jugendmannschaft von Mengede, bis Robert zum TuS Eving gewechselt, weil das angeblich der bessere Verein war. Von Eving waren schon mehrere Spieler zu Borussia gewechselt und zwei davon sogar Nationalspieler geworden. Robert war gut gewesen, fand Sven. Viel besser als er. Er hatte im Mittelfeld gespielt, konnte wunderbar selbst die härtesten Pässe stoppen und Zentimeter genau flanken, was Sven niemals gelang. Deshalb hatte er selbst es nur zum Verteidiger gebracht, der einzig die Aufgabe hatte, dem Gegenspieler den Ball abzujagen und dann sofort zu einem Mitspieler abzugeben. Als Robert ihm erzählte, dass er nach Eving wechseln wollte, hatte Sven das für richtig gehalten. Robert war gut gewesen, er hatte eine Chance, hochklassig zu spielen.

»Was machst du denn hier? Bist du noch in Eving?«

Robert schüttelte den Kopf. »Ne, das mit dem Fußball ist lange vorbei, schon seit mehr als drei Jahren.«

»Och, schade.«

Robert schien sich zu freuen über Svens Bedauern, seine Augen strahlten.

»Na ja, wie man es nimmt«, antwortete er. »Ich war zum

Schluss dauernd verletzt. Mal war es das Knie, mal die Bänder. Es hatte einfach keinen Zweck mehr.«

Sven schaute zu Alex hinüber, aber der starrte nur aus dem Fenster. Das Gespräch schien ihn nicht zu interessieren.

»Und was machst du jetzt?«

»Ich arbeite nebenbei für die evangelische Kirche in Aplerbeck. Jugendarbeit im Gemeindehaus.«

Stimmt, dachte Sven. Neben dem Fußball war Robert immer in der Kirche aktiv gewesen.

»Machst du die Jugendlichen fromm?«

Jetzt musste Robert laut lachen.

»Es ist mehr Sozialarbeit. So was wie tätige Nächstenliebe.«

Er brach sein Lachen ganz plötzlich ab und blickte zu Alex hinüber, der ein gelbes T-Shirt trug. Die Tattoos auf den Unterarmen, Schlange und Schwert, waren gut sichtbar. Es war Robert anzusehen, dass ihm die Frage, wer das denn sei, auf der Zunge lag. Große Sympathie sprach nicht aus seinem Blick, aber er unterließ es, nach Alex zu fragen.

»Was machst du denn so? Das Fußballspielen hast du aufgegeben, vermute ich.«

Jetzt musste Sven lachen. »Habe ich damit jemals angefangen? Ich meine, richtig Fußball zu spielen?«

Robert winkte ab. »Komm, mach dich nicht selber runter. So schlecht warst du nicht.«

Auch wenn er den Anteil an Höflichkeit deutlich heraushörte, tat Sven das Lob von Robert trotzdem gut. Er hatte früher sehr darunter gelitten, dass er nicht so gut war wie die besten.

»Ich studiere Sozialarbeit, hier an der Uni«, erklärte er und unterließ es, darauf hinzuweisen, dass das für die letzten zweieinhalb Jahre galt, aber nicht für den Moment. Alex schien das aufzufallen, denn er blickte kurz zu ihm herüber, sagte aber nichts.

»Sozialarbeit? Dann willst du später auch Jugendliche betreuen?«

Sven zuckte mit den Schultern. »Das weiß ich noch nicht. Mal sehen, was kommt.«

Die S-Bahn hielt, Alex wollte aufspringen, Sven winkte ab. »Warte noch einen Moment.«

Das Gespräch mit Robert über alte Zeiten tat ihm gut. Er wollte noch nicht, dass es zu Ende war. Alex war unschlüssig, aber im nächsten Moment schlossen sich die Türen wieder und die S-Bahn fuhr weiter. Alex atmete hörbar aus.

»Wenn dich Jugendarbeit interessiert, komm doch mal vorbei«, schlug Robert vor. »Dann kannst du die Praxis erleben. Je früher der Schock kommt, desto besser.«

»Ist es so schlimm?«

»Man gewöhnt sich daran.«

Robert fiel plötzlich etwas ein, denn er beugte sich zu ihm rüber und stieß ihn an.

»Du solltest wirklich mal kommen, denn manchmal brauchen wir Aushilfskräfte. Gibt zwar nicht viel Geld pro Stunde, aber knapp zehn Euro sind es doch. Und Studenten brauchen doch immer Geld, oder?«

Zehn Euro pro Stunde, dachte Sven, das sind drei Euro mehr als in der Brasserie. Und da machte ihm die Arbeit im Moment sowieso keinen Spaß. Ja, vielleicht sollte er Robert wirklich mal bei seiner Arbeit besuchen.

Robert reichte ihm einen Zettel mit seiner Handynummer und erzählte dann, dass er dasselbe Studium absolviere wie Sven, allerdings in Bochum. Den Job bei der Kirche habe er, um das Studium zu finanzieren. Er stünde kurz vor dem Examen.

Sven erinnerte sich, dass Robert gut ein Jahre älter war als er. Als er in die B-Jugendmannschaft kam, hatte Robert dort schon eine Saison lang gespielt. Er ließ sich von Robert den Weg zum Gemeindehaus beschreiben. Dann kam schon die nächste Haltestelle und er konnte Alex nicht noch länger hinhalten.

Als er ausstieg, hörte er noch einmal Roberts Stimme.

»Überleg 's dir.«

9 Sven hatte die Atmosphäre auf dem Fußballplatz immer gemocht. Es war schön gewesen, an warmen Sommertagen zum Training zu gehen, die anderen Jungen zu treffen und sich bei den Übungsspielen auszutoben. Nicht zuletzt hatte ihn die Hoffnung beflügelt, dass auch aus ihm ein guter Fußballer werden könnte. Ja, auch er hatte eine Zeitlang diesen Traum gehabt, wie die meisten Jungen, die er damals gekannt hatte. Vielleicht war das der Grund gewesen, weshalb er Roberts Nähe gesucht hatte. Robert war eindeutig der beste gewesen. Vielleicht war es auch der Grund gewesen, weshalb Robert umgekehrt so lange mit seiner Freundschaft gezögert hatte. Einer wie er gab sich nur mit den besten ab, alles andere konnte seinem Ansehen in der Mannschaft schaden. Schließlich aber waren sie doch Freunde geworden, was vor allem daran lag, dass sie viele Themen hatten, über die nur sie sprechen konnten, weil die anderen keine Lust dazu hatten oder nichts davon verstanden. Nach dem Training haben sie oft in der Kabine zusammen gesessen und über alles Mögliche geredet. Sogar über Religion. Anfangs hatten die anderen aus der Mannschaft noch darüber gelästert, hatten sie gedrängt, aufzuhören mit diesen blöden Themen, wie sie das nannten, aber sie hatten nicht auf sie gehört. Vielleicht wären sie darüber zu Außenseitern in der Mannschaft geworden, aber dazu war Robert zu gut. Einen wie ihn konnte man nicht schneiden. Was dann nur noch blieb, war sanfter Spott.

»Die beiden Professoren«, so wurden sie genannt. Eine

Bezeichnung, die ihnen nicht nur egal war, sondern die ihnen sogar ein wenig schmeichelte. Sven hatte das Gefühl, von Robert nicht nur beim Fußball etwas lernen zu können. Was der alles wusste!

Dass die Astronomie die Bibel jetzt doch bestätigen würde, hatte er ihm mal erklärt. Die Theorie vom Urknall, aus dem der ganze Kosmos entstanden sei, wäre doch nichts anderes als eine verkappte Schöpfungslehre. Aus dem Nichts sei die Welt entstanden, genau wie es in der Bibel stehe. Nur dass Gott den großen Knall bewirkt hätte, würden die Astronomen nicht zugeben. Aber im Grunde wäre es das, was sie sagten.

Sven staunte, woher Robert so etwas wusste. Irgendwann erklärte er ihm, dass es vor langer Zeit auf Kreta eine besondere Form des Stierkampfs gegeben hätte. Die Toreros hätten den Stier nicht getötet, sondern seien, als er auf sie zugerannt kam, über ihn hinweg gesprungen. Unglaublich, Sven konnte sich das gar nicht vorstellen.

Diesmal verriet Robert ihm, woher er das wusste. Er hatte einen Roman gelesen, Sinuhe, der Ägypter hieß er. Sven lieh sich das Buch aus. Von da an bemühte er sich ebenfalls, Bücher zu lesen, um Robert etwas erklären zu können.

Vielleicht, hatte Sven im Rückblick ein paar Mal gedacht, hatte er es ja Robert zu verdanken, dass er irgendwann den Entschluss fasste, das Abitur zu machen. Er hatte Spaß daran gewonnen, Bücher zu lesen. Es machte Freude, etwas zu wissen.

Das Training bei Sonnenschein, die Spiele aber bei Regen, so war es Sven am liebsten gewesen. Er war am besten, wenn der Boden glitschig war, denn er war klein und dünn. Bei regennassem Boden konnte er sich besser drehen als andere, konnte vor allem schneller rennen und kam öfter an den Ball. Wenn er den Ball hatte, suchte er gerne Robert und es gefiel ihm, wenn Robert dann einen gefährlichen Angriff inszenierte. In solchen Momenten hatte er das Gefühl, dass er noch mal was ganz Großes erreichen könnte, am liebsten zusammen mit Robert.

Das Ende all dieser Hoffnungen kam ganz überraschend. Robert hatte ihm erzählt, dass er nach Eving wechseln würde, und er hatte offen gelassen, ob Sven mitgehen sollte. Aber dann kam das Spiel gegen Merkur Dortmund. Ja, so hieß dieser Verein, wie der Planet, über den Robert sicher irgendwas erzählen könnte, wenn er ihn fragen würde. Es war ein lauer Frühlingstag gewesen, kein Regentag, wie Sven ihn gerne hatte. Da hatte er einen blonden Gegenspieler gehabt, den seine Mannschaftskameraden Kevin riefen. Wann immer es ging, spielten sie ihn an und Kevin spielte und schoss, dass selbst Robert nur mit offenem Mund auf dem Platz stand. Das Schlimme aber war, dass ihr Trainer ausgerechnet Sven gegen diesen Jungen aufgestellt hatte.

»Den musst du halten«, hatte er ihm gesagt, »dann haben wir eine Chance zu gewinnen.«

Sven hatte sich verzweifelt bemüht, diese Anweisung umzusetzen. Wie wild war er über den Platz gerannt, hatte diesen Kevin sofort angegriffen, wenn er am Ball war, aber Kevin war so mühelos an ihm vorbei gezogen, als stünde er gar nicht auf dem Platz. Dabei war er, so schätzte Sven, sogar noch ein oder zwei Jahre jünger als er.

Dann hatte er seine Taktik umgestellt und versucht, Kevin schon vor der Ballannahme zu stören, aber auch das war missglückt. Was immer er anstellte, dieser Kevin war vor ihm am Ball. Er rackerte, er grätschte, es nützte nichts.

Seine Mannschaftskameraden schimpften zuerst, wenn er wieder einen Zweikampf verlor, dann fluchten sie und am Schluss lachten sie höhnisch. Er bekam diesen Kevin nicht in den Griff.

6:1 verloren sie das Spiel und Kevin hatte fünf der sechs Tore geschossen. Tränen hatten ihm in den Augen gestanden, als er nach dem Spiel völlig zerstört in der Kabine saß.

Es war ihm jemand begegnet, wie er ihn noch nie erlebt hatte. Ein Fußballer aus einer anderen Welt als der, der er selbst angehörte.

Seine Mannschaftskollegen hatten es wohl ähnlich empfunden, denn es hatte keiner mehr mit ihm geschimpft. Selbst Robert war sprachlos gewesen. Da hatte Sven in seinem Innersten gefühlt, dass er nicht nur dieses Spiel, sondern viel mehr verloren hatte. Alles, was er mit dem Fußball verbunden hatte, war ihm in neunzig Minuten genommen worden. Wenn solche Leute wie dieser Kevin da mitspielten, was hatte er da noch auf dem Platz zu suchen?

Mit der Zeit stellte er fest, dass es oft so war bei ihm. Wenn andere eine Niederlage erlitten, konnte er ihre Bedeutung herunterspielen, um sie zu trösten. Er half auch gerne, damit sie sie schnell überwanden, bei ihm selber war es anders. Niederlagen trafen ihn tief, genauso wie Verluste. Er fand keinen Trost, er sah dann keinen Ausweg. Wenn er an Karla dachte, fand er das richtig. Für den Verlust von Karla gab es wirklich keinen Trost.

Robert war kurz drauf wie angekündigt nach Eving gewechselt. Die Frage, ob Sven mitkommen könnte, hatte sich nicht mehr gestellt. Er selbst hatte nach der verheerenden Niederlage immer häufiger das Training geschwänzt und war manchmal nicht mal zu den Spielen gegangen, obwohl der Trainer ihn aufgestellt hatte. Schließlich hatte er sich abgemeldet.

Zu Robert hatte er nie wieder den Kontakt aufgenommen, obwohl sie sich doch fast zwei Jahre lang nahe gewesen waren. Vermutlich hatte Sven ihn gemieden, weil er das Ganze vergessen wollte. Nie wieder waren ihm im Leben so deutlich die Grenzen aufgezeigt worden wie damals bei diesem unwichtigen Fußballspiel.

Ein Kevin, der mal bei Merkur gespielt hatte, war jetzt der Star bei Borussia. Immer, wenn er den Namen in der Zeitung las, fragte er sich, ob das wohl jener Kevin war, der ihn damals fertig gemacht hatte. Aber es genau raus zu finden, hatte er sich nie bemüht.

Karla hatte Handball gespielt, mit einer ganz anderen Einstellung als er sie beim Fußball gehabt hatte. Es war ihr gar nicht so wichtig, ob sie gewann oder verlor, ob sie drei oder vier Tore warf oder gar keines. Sie hatte einfach Freude am Spiel und an der Begegnung mit ihren Freundinnen. Natürlich gewann sie lieber, so war es nicht, aber eine Niederlage traf sie nicht, brachte sie nicht ins Grübeln und war kein Grund für schlechte Laune.

Ihre Freundin Lisa, die sie noch aus Schulzeiten kannte, hatte sie zum Handball überredet, weil der Verein nicht genügend Spielerinnen gehabt hatte. Karla hatte sich schnell eingewöhnt und im Spiel mitgehalten.

Manchmal ging er in die Halle in Hombruch, in der sie spielten und schaute zu, obwohl Karla das gar nicht so gerne sah.

»Ich bin doch gar nicht so gut«, sagte sie, »und das Spiel ist auch nicht wichtig. Warum willst du dabei zuschauen?«

Nach ihrem Tod hatte ihre Mannschaft ein Gedächtnisspiel für sie durchgeführt. Ihr Trikot mit der Nummer acht hatte neben der Anzeigentafel gehangen, aber erst, nachdem Lisa es zu Spielbeginn kurz getragen und symbolisch damit ein Tor geworfen hatte. Mit einem Vorsprung von 1:0, Tor durch Karla, hatte ihre Mannschaft das Spiel begonnen.

Sven hatte sich in die hintere Zuschauerreihe gesetzt, fernab von allen anderen und das gesamte Spiel über geheult. Vermutlich hatten es alle gesehen, denn immer wieder hatten welche scheu zu ihm herübergeblickt, aber angesprochen hatte ihn niemand. Nie wieder, das hatte er schon während des Spiels gewusst, würde er hierher kommen.

10

Alex bemühte sich, ihm nicht zu sehr auf den Wecker zu gehen. Wenn er in der Wohnung war, hielt er sich meistens in seiner Bude auf und telefonierte über Handy, wie Sven an der gedämpften Stimme bemerkte, die zu ihm herüber drang. Er hörte nicht genau hin, es interessierte ihn auch nicht, was Alex da mit irgendwem beredete. Manchmal verschwand er für Stunden oder den ganzen Tag, ohne zu sagen, wohin er ging. Vielleicht ging er zu einem der Mädchen, mit denen bei ihm immer etwas lief, denn dass er in die Innenstadt ging, glaubte Sven nicht. Dazu war seine Angst vor Berat zu groß.

Vielleicht besorgt er sich aber auch die zweitausend Euro, um Berat auszuzahlen, dachte Sven. Ja, das wäre das Beste, denn dann wäre er ihn bald los. Aber wirklich daran glauben konnte er nicht. Wer sollte jemandem wie Alex so viel Geld leihen, wo er doch schon mit dem Rückzahlen kleinerer Summen Schwierigkeiten hatte? Fatih, der dafür in Frage käme, hatte auf keinen Fall so viel Geld. Und wenn Alex es stückelte, dachte Alex dann. Wenn er von diesem zweihundert, von jenem fünfzig nahm, so lange, bis die zweitausend zusammen waren? Auch unwahrscheinlich, so viele Freunde, die noch bereit waren, ihm Geld zu leihen, hatte Alex nicht mehr. Oder er pumpte sich kleine Summen, machte riskante Wetten damit und hoffte auf den großen Gewinn. Ja, so was war ihm zuzutrauen. Alex kannte jede Form der Zockerei.

Sven beschloss, nicht nachzuhaken. Einerseits war es ungewohnt, seine Wohnung mit jemand anderem als Karla zu teilen, andererseits war er manchmal auch froh, nicht allein zu sein mit seinen Gedanken.

Zwei Tage später fuhr er wirklich nach Aplerbeck. Robert schien sich ehrlich zu freuen, als er ihn anrief, um sich mit ihm zu verabreden.

»Ich war mir nicht sicher gewesen, ob du auch wirklich anrufen würdest«, sagte er.

»Jetzt hörst du es ja, dass ich es tue.«

»Ja, prima, ich freue mich. Komm morgen Nachmittag, ich bin die ganze Zeit da.«

Das Gemeindezentrum lag direkt neben der Kirche, gar nicht weit entfernt von der B1. Es war eine Kirche mit offenem Turm, so dass man die Glocken sehen konnte, ein Neubau, der aussah wie viele andere moderne Kirchen. Das Gemeindehaus duckte sich im Schatten des Turmes. Der Eingang befand sich an der Seite, Sven bemerkte es an den Fahrrädern, die auf dem Platz davor standen.

Als er das Gebäude betrat, war es ganz still. Sven wunderte sich. Wo waren denn die Jugendlichen? Nach der Anzahl der Fahrräder zu schließen, mussten einige da sein. Er lauschte, dann hörte er Stimmen aus dem Keller. Er fand eine Treppe im hinteren Teil des Gebäudes, als er hinunterging, wurden die Stimmen lauter.

An der Wand gegenüber der Treppe hing ein großes Stück Sackleinen. Ausgeschnittene Bilder waren darauf geklebt. Am oberen Rand ein Regenbogen, der alles darunter überwölbte. Auf der linken Seite eine Szene aus Afrika. Pechschwarze tanzten im Reigen, im Hintergrund befanden sich ein Löwe und ein Elefant, die zuschauten. Rechts eine Indianerszene, in der Mitte weiße Kinder, die auf einer Wiese Fußball spielten. Eine Szene, wie man sie sicher in Aplerbeck entdecken könnte.

Sven blieb einen Moment vor dem Bild stehen. Ja, das war eines, wie man es in einer Kirche oder einem Gemeindehaus erwarten konnte. Wenn die Wirklichkeit doch auch so wäre wie diese Darstellungen hier unter dem Regenbogen, dachte er.

Im Keller gab es mehrere Räume, in denen sich Jugendliche tummelten. In einem wurde Pool-Billard gespielt, in einem anderen stand ein Kickerautomat, aus einem anderen dröhnte Musik. Die Jugendlichen ließen sich nicht ablenken von ihren Spielen, als sie Sven entdeckten. Ein paar gelangweilte Blicke, das war alles, was sie an Aufmerksamkeit für ihn aufbrachten.

Wo war denn Robert? Den Gedanken, nach ihm zu fragen, verwarf er sofort wieder. Er musste hier irgendwo sein, sie waren doch verabredet. Tatsächlich entdeckte er ihn im hintersten Raum, aus dem die Diskomusik erklang. Es wurde aber nicht getanzt, drei Jungen hingen auf einer Bank direkt neben der Tür herum, ein paar Mädchen saßen an einem Tisch. Robert stand gerade dort und sprach mit ihnen. Als er ihn entdeckte, kam er auf ihn zu.

»Komm, wir gehen woanders hin, hier ist es zu laut.«

Sie gingen in den Raum mit dem Kickerautomaten, an dem gerade kein Spiel stattfand. Fünf Jungen hingen lustlos in einer Ecke herum.

»Los, zwei von Euch spielen jetzt gegen uns!«, rief Robert. »Mal sehen, was ihr drauf habt. SV Mengede gegen Spielvereinigung Aplerbeck.«

Er sah Sven an.

»Wir wollen doch mal sehen, ob wir es noch können.«

Die Jungen sprangen auf, jeder wollte sich gern gegen die beiden Älteren beweisen. Es drohte sogar ein Gerangel. Zur Überraschung von Sven mischte sich Robert nicht ein.

»Die sollen das selber klären«, murmelte er.

Sven beobachtete die Auseinandersetzung. Ein großer Schwarzhaariger, der schon einen Oberlippenbart trug, entschied das Gerangel. Er und ein kleiner Blonder sollten spielen, bestimmte er, die drei anderen schob er zurück.

Die Rollenverteilung zwischen Robert und Sven war klar, Robert griff wie selbstverständlich nach den beiden vorderen Stangen, um zu stürmen. Sven war Verteidiger, genauso wie damals in Mengede.

Es stellte sich heraus, dass der große Schwarzhaarige gar nicht so gut war. Obwohl Sven lange nicht gespielt hatte, war es nicht allzu schwierig, gegen ihn zu verteidigen. Robert dagegen war gut und schoss Tor auf Tor. 8:3 gewannen sie schließlich.

»Wie früher in Mengede«, grinste Robert.

Der Schwarzhaarige wollte ein Revanchespiel, jetzt aber mit einem anderen Verteidiger. Die Schuld für die Niederlage sah er also nicht bei sich, sondern bei seinem Mitspieler. Ein typisches Verhalten derer, die das Kommando übernehmen wollen, aber nichts können. Sven wunderte sich nicht.

»Nun lass mal zwei andere ran, Erik«, sagte Robert. »Du kannst ja gleich noch mal gegen die anderen spielen.«

Erik sah ihn wütend an, wagte aber nicht, etwas zu entgegnen.

Gegen die beiden anderen war es schwieriger zu gewinnen, aber sie schafften es auch diesmal. Robert klopfte Sven auf die Schulter.

»Auch wenn wir es auf dem Rasen nicht mehr bringen, zeigen wir immer noch am Kickerautomaten unsere Klasse.«

Die Aufforderung zu einem dritten Spiel lehnte Robert ab. Er zog Sven mit in einen Raum, in dem sie alleine waren.

»Willst du eine Cola?«

Sven nickte.

»Weißt du, die Arbeit hier ist gar nicht so schwierig«, erklärte Robert, nachdem sie beide einen Schluck Cola getrunken hatten. »So viel wie es geht, sollen die Jugendlichen selber regeln. Ich bin nur dafür da, dass der Rahmen nicht gesprengt wird. Dass keiner auf die Idee kommt, den anderen zu treten oder zu schlagen oder irgendwas kaputt zu machen.«

Sven nickte.

»Aber als noch nicht klar war, welcher von den fünf gegen uns antritt, hätte ich vielleicht eingegriffen. Dieser Erik, der dann alles bestimmt hat, war doch gar nicht so gut.«

»Erik muss sich immer aufspielen. Er will hier der Boss sein. Aber von außen an seiner Rolle zu rütteln ist nicht gut. Besser, er blamiert sich vor den anderen, das wird auf Dauer viel stärkere Wirkung haben. Deshalb habe ich mich gegen ihn ja auch besonders angestrengt und die anderen beim zweiten Spiel besser abschneiden lassen.«

Robert grinste.

»Ach, du hast dich beim zweiten Mal absichtlich zurück gehalten?«

»Erik hat wieder mal eine Niederlage einstecken müssen. Die anderen werden es sich merken.«

Dann erklärte er ihm das Konzept des offenen Nachmittags. Die Kids kämen, wann sie wollten, immer zwischen 15 und 19 Uhr. In den Kellerräumen würden ihnen Möglichkeiten geboten, unter denen sie selber aussuchten, was sie spielen möchten. Manche kämen auch einfach nur, um zu quatschen.

»Das ist alles?«

Robert nickte. »Erst mal ja. Du musst bedenken, was sie machen würden, wenn es uns nicht gäbe. Dann würden sie zu Hause vor dem Fernseher rumhängen oder am Computer rumballern oder mit dem Handy eine SMS nach der anderen verschicken.«

»Stimmt«, sagte Sven, »Handys habe ich hier nicht gesehen. Dabei haben die doch alle so ein Ding.«

»Das ist eine der Regeln, die sie seit kurzem einhalten müssen. Mit Handys wird hier nicht gespielt. Dann können sie gleich zu Hause bleiben. Hat am Anfang Ärger gegeben, als ich ihnen das Handy weggenommen habe. Einige sind sofort abgehauen, ohne Handy können sie eben nicht. Aber die sind schnell wieder aufgetaucht. Wenn alle, die sie kennen, hier sind und nicht auf eine SMS antworten können, weil sie nicht erreichbar sind, was sollen sie dann mit ihrem Handy?« Robert lachte. »Die Regelung habe ich eingeführt. Läuft ja auch längst so an den meisten Schulen. Und siehe da, es geht auch ohne. Die Kids gewöhnen sich dran.«

Dann beschrieb er Sven, wo sich die wichtigen Gegenstände befanden. Brettspiele, die es auch gab, die Sammlung mit CDs und die Getränke, Cola und Sprudel für 50 Cent. Es war eine kleine Einführung in seinen Arbeitsbereich.

Sven nickte und staunte zugleich. Robert tat gerade so, als wäre längst klar, dass er hier anfangen würde. Und je mehr er ihm zuhörte, desto mehr glaubte er es selber.

Nach einem Moment des Schweigens schaute Robert ihn plötzlich an.

»Wer war denn der Typ, mit dem du neulich in der S-Bahn warst?«

Als er die Frage stellte, merkte Sven, dass sie ihn die ganze Zeit bewegt hatte.

»Das ist Alex. Der ist in Ordnung, wenn auch ein kleiner Chaot.« Er überlegte, ob er Robert erzählen sollte, weshalb Alex für einige Zeit bei ihm wohnte, beließ es dann aber bei Andeutungen.

Robert legte ihm die Hand auf die Schulter. »Ist nicht ganz deine Kragenweite, dieser Typ. Ein paar Jahre jünger, dann wäre er gut in unserem Jugendprogramm aufgehoben. Aber du wirst sicher deine Gründe haben, weshalb du dich mit ihm abgibst.«

Sven schaute ihn überrascht an. Ahnte Robert etwa, wie es um ihn stand? Robert hielt seinem Blick stand. Ja, er hatte was gemerkt, Sven war sich plötzlich sicher. Jemand, der ihn gut gekannt hatte, sah ihm an, wie es um ihn stand.

Na gut, dann konnte er ihm auch gleich von Karla erzählen, dachte er. Hoffentlich würde er dabei nicht anfangen zu heulen. Seit ihrem Tod hatte er mit keinem seiner Freunde über sie gesprochen, er wollte einfach nicht. Wenn sie ihm sagten, wie Leid es ihnen tue, nickte er nur. Aber Robert wusste ja nichts von ihr. Jahrelang hatten sie sich nicht gesehen und doch hatten sie sofort wieder einen Draht zueinander gefunden. Besser gesagt, Robert hatte ihn zu Sven gefunden.

Er bemühte sich um einen bewusst sachlichen Tonfall, als er von der ersten Begegnung mit Karla erzählte, von ihrer Beziehung und schließlich von dem Unglück auf der Loveparade. Bei den letzten Sätzen schaffte er es aber nicht mehr, den Tonfall durchzuhalten. Ein paar Mal musste er schlucken.

»Hab dir gleich angemerkt, dass dich etwas bewegt«, sagte Robert, als Sven seine Erklärung beendet hatte. »Mann, das tut mir Leid für dich. Und für deine Karla natürlich auch. Ich kann mir vorstellen, wie weh das tut.«

Ein Mädchen in knappem Minirock kam in den Raum und fragte nach einem Kartenspiel. Robert gab ihr den Schlüssel für einen Schrank und verlangte, dass sie ihn sofort zurückbringen sollte.

»Wenn man nicht aufpasst, verschwinden hier dauernd Schlüssel«, erklärte er.

Kurz drauf kam das Mädchen zurück. Sven konnte gar nicht anders, als auf ihren Minirock zu starren, Robert sah es.

»Davon darfst du dich nicht beeinflussen lassen«, erklärte er. »Das sind alles noch ganz kleine Mädchen. Die einen machen Schau mit ihrem Minirock, die anderen wie Erik mit ihrer großen Klappe.«

Sven nickte. Sein Blick hatte sowieso nichts zu bedeuten gehabt.

»Hast du denn wenigstens halbwegs wieder Tritt gefasst?«

Sven schwieg.

»Dann wäre ein Aushilfsjob doch gut für dich. Es ist wichtig, dass du auf andere Gedanken kommst.«

Ja, warum nicht? Sven nickte.

»Du würdest mir einen Gefallen tun«, sagte Robert. »Ich muss die Examensarbeit schreiben und habe nicht mehr so viel Zeit. Pass auf, ich frage den Pfarrer, aber der wird einverstanden sein. Gib mir deine Handynummer, ich rufe dich an.«

Sven reichte sie ihm. In dem Moment erklang lautes Geschrei aus dem Nachbarraum.

»Ich glaube, ich muss jetzt rüber«, sagte Robert und stand auf. »Alles können die Kids noch nicht unter sich regeln.«

11

Manchmal machte Karla ein Geheimnis aus dem, was sie mit ihm vorhatte.

»Komm, heute begleitest du mich«, sagte sie an einem Samstag, verriet aber mit keiner Andeutung, wohin er sie begleiten sollte. Lediglich an ihrem verlegenen Lächeln merkte er, dass ihr die Sache unangenehm war.

Sie fuhren mit der Bahn nach Dorstfeld, liefen durch Straßen, in denen er noch nie gewesen war und standen schließlich vor einem fünfstöckigen Wohnblock. Sven blickte an der Häuserfassade hoch. Nur ein Teil der Fenster war mit Gardinen verhangen, hinter den anderen gähnte die Leere. War der Block etwa nur zur Hälfte bewohnt? Zur Hälfte, dachte Sven im nächsten Moment, das wäre noch eine günstige Schätzung. Es war mehr Leere als Wohnlichkeit, die er entdecken konnte.

Der Eingang war mit Graffitis beschmiert, Papierfetzen und Blechdosen lagen herum. Karla bemerkte Svens angewiderten Blick, wieder zeigte sie ihr verlegenes Lächeln.

»Was wollen wir hier?«

»Hier wohnt sie.«

»Wer?«

»Meine Mutter.«

Sven biss die Zähne zusammen, um nichts Falsches zu sagen. Aus Andeutungen, aus Gesprächsfetzen, die zwischen Karla und dem Opa gewechselt waren, wusste er schon grob Bescheid. Aber dass es so stand … Verdammt, was musste jemand getan haben, um hier zu landen?

Karla klingelte, es dauerte lange, bis der Türöffner summte. Als sie die beiden ersten Treppen hoch liefen, war das Treppenhaus noch sauber, dann begann aber auch hier der Dreck herum zu liegen, Pappschachtel, vergilbte Zeitungen. Unter den Schuhen klebte der Dreck, weil irgendwer etwas verschüttet, aber nicht weggewischt hatte.

Karla lief voran, sie tat so, als bemerkte sie den Dreck nicht. Sie mussten bis ganz nach oben laufen, dann kamen sie zu zwei Wohnungstüren, von denen die eine einen Spaltbreit offen stand. Karla schob sie vorsichtig auf. Es kam Sven so vor, als müsse sie erst Mut fassen, bevor sie hinein ging.

Als er selbst hinein sah, wollte er erst gar nicht weitergehen. Plastiktüten mit Müll standen im Flur herum, Bierkisten mit leeren Flaschen, es stank erbärmlich nach kaltem Zigarettenqualm. Karla bemerkte sein Zögern.

»Komm«, sagte sie, »bleib bei mir.«

Sven folgte ihr zögernd. Es war dämmerig in der Wohnung, weil die meisten Fenster, an denen sie vorbei kamen, zugehängt waren mit Übergardinen oder Plastikrollos. Nach ein paar Schritten passte er nicht auf und trat gegen ein paar Bretter, die gegen die Wand gelehnt waren. Scheppernd fielen sie auf einen Karton mit Flaschen. Schnapsflaschen, wie er mit kurzem Blick feststellte. Zwei von ihnen waren zerbrochen.

»Hallo, Tina«, rief Karla, »wo bist du?«

Aus dem entfernten Zimmer am Ende des Flurs erklang eine raue, krächzige Stimme.

»Hier bin ich. Wer ist denn da?«

»Ich bin 's, Karla.«

Karla trat ein, Sven folgte ihr. Auch in diesem Zimmer war es dämmrig, so dass er einen Moment brauchte, bis er die Frau in einem Sessel am Fenster erkannte. In schlaffer, fast hängender Haltung saß sie da und hatte die Füße mit einer alten Wolldecke zugedeckt. Auf einem Tischchen neben dem Sessel stand ein übervoller Aschenbecher, dazu eine leere Flasche Bier. Auf dem Fußboden lag überall etwas herum, sogar eine geöffnete Fischkonserve, aus der es erbärmlich stank.

Karla ging hin zu der Frau.

»Hallo Tina«, sagte sie und berührte sie kurz am Oberarm. »Wie geht 's?«

Die Frau antwortete nicht, sondern schaute misstrauisch zu Sven herüber.

»Wer ist das?«

»Das ist Sven, mein Freund.«

»Kenn ich nicht. Ich denke, dein Freund heißt Frank.«

»Das ist vorbei, Tina. Frank ist jetzt in Australien.«

»So weit weg? Was will er denn da?«

»Er studiert dort, Tina. Aber frag jetzt nicht was und warum. Das verstehst du doch nicht.«

Sven wunderte sich über den harten Tonfall, genauso wie er sich darüber wunderte, dass sie ihre Mutter mit Vornamen anredete. Aber wie sollte sie sie sonst anreden, dachte er dann. Sollte sie Mama sagen? Zu dieser Frau? Nein, Sven verstand sie plötzlich. Mama würde eine große Nähe voraussetzen und wie sollte Karla sie zu dieser Frau aufgebaut haben? Es war ja schon erstaunlich, dass Karla sie überhaupt besuchte.

Karla ging zum Fenster, schob die Gardine zur Seite und öffnete es.

»Was machst du denn da? Lass doch das Fenster zu!«

»Hier muss mal frische Luft rein. Merkst du nicht, wie es stinkt?«

»Ich rieche nichts. Ist doch alles normal.«

»Für dich, Tina, da mag das alles normal sein. Aber für keinen anderen.«

Sven trat näher heran, um der Frau die Hand zu geben. Er sah ihre glasigen Augen, ihre kindlich-faltigen Gesichtszüge, die deutlich vom Alkohol geprägt waren und ihre fauligen Zähne. Als hätte sich ihr Gesicht zusammen gezogen zu einer Clowns-Maske, so wirkte es.

»Hallo«, sagte er.

Die Frau hatte seinen kritischen Blick bemerkt und drehte sich weg.

»Hallo«, antwortete sie, ohne ihn dabei anzublicken.

Sven sah sich um. In einer Ecke stand ein Sofa, das voll gepackt war mit Gerümpel. Er schob ein paar Kleidungsstücke zur Seite und setzte sich.

Karla begann, aufzuräumen. Sie holte aus einem Nebenzimmer einen Mülleimer, dazu einen Handfeger und begann, den Müll vom Boden aufzusammeln.

»Was tust du denn da, lass das!« Von einem Moment zum anderen verlor die Frau ihre schlaffe Haltung und richtete sich im Sessel auf. Doch schon nach ein paar Sekunden verließ sie wieder die Kraft und sie ließ ich zurückfallen.

Karla hatte sich nicht an ihrem Einwand gestört, sondern weiter den Müll eingesammelt. Ihre Mutter sah ihr dabei zu.

»Aber sag Opa nichts davon, hast du gehört. Opa versteht nicht, was mit mir los ist, der schimpft nur mit mir.«

»Was ist denn mit Ihnen los?« Sven war selbst erstaunt, als er plötzlich seine Stimme hörte.

Die Frau sah ihn mit offenem Mund an. Was soll denn diese Frage, schien sie zu denken, das müsste doch klar sein. War es im Grunde ja auch, aber Sven wollte er von ihr hören.

»Weil ich krank bin«, sagte sie dann mit ärgerlicher Stimme wie ein trotziges Kind.

Was für eine Krankheit denn? Es lag Sven auf der Zunge, diese Frage nachzuschieben, aber im selben Moment bemerkte er Karlas strengen Blick.

Lass sie in Ruhe, hieß das, du siehst doch, was mit ihr los ist.

»Soll ich dir helfen?«, fragte er.

»Nein, lass nur, das mache ich. Unterhalte dich mit ihr.« Sie sah ihn kurz an. »Aber richtig«, fügte sie dann hinzu.

Sven wandte sich der Frau zu. »Ist es nicht schwierig, so ganz allein zu leben?«

Er musste gar nicht fragen, ob das stimmte, ob sie wirklich ganz alleine lebte oder ob nicht wenigstens ab und an mal ein Kerl vorbeikam. Nein, das konnte gar nicht sein, ihr Aussehen und die Wohnung sprachen Bände. Hierher kam niemand außer dem Opa und manchmal wohl auch Karla.

Er hatte befürchtet, die Frau würde wieder abweisend auf seine Frage reagieren, aber das stimmte nicht. Im Gegenteil, sie schien plötzlich ganz munter zu werden.

»Ja, stellen Sie sich vor, ganz allein bin ich hier«, antwortete sie und wandte sich dabei Sven zu. Er glaubte, so etwas wie Empörung in ihrer Stimme zu erkennen. Empörung über das Leid, das sie durchmachen musste, Empörung über die Ungerechtigkeit, die sie zu ertragen hatte.

»Seit drei Monaten bin ich ganz alleine hier oben im Haus. Da sind die Nachbarn weggezogen. Seitdem haben sie sich nie mehr bei mir gemeldet.«

»Hatten Sie denn ein gutes Verhältnis zu ihnen?«

»Weiß nicht. Wie das so ist, wenn man nebeneinander wohnt.«

»Jetzt tue nicht so, Tina!«, rief Karla. »Gestritten habt ihr euch. Manchmal gab es eine so laute Schreierei, dass sich die anderen Hausbewohner beschwert haben.«

»Ach die, die beschweren sich doch immer.«

»Sind aber nicht mehr viele, die in dem Haus wohnen«, sagte Sven.

»Nein, immer mehr ziehen weg. Ich weiß auch nicht, woran das liegt.«

Karla schaute ihn an, Sven bemerkte ihr ironisches Grinsen.

»Wollen Sie denn hier wohnen bleiben?«

Die Frau wandte sich von ihm ab und blickte aus dem Fenster.

»Wo soll ich denn hin? Wer nimmt denn eine kranke Frau?«

Klar, dachte Sven, wer möchte eine wie die schon in seiner Nachbarschaft oder gar in seiner Wohnung haben?

Das Gespräch stockte. Karla hatte den gröbsten Müll vom Fußboden eingesammelt, jetzt klapperte Geschirr in der Küche. Offensichtlich spülte sie dort.

Sven stand auf und trat ans offene Fenster. Von hier aus hatte man einen guten Blick über den Stadtteil, stellte er fest. In der Ferne entdeckte er seine Uni. Ja, da musste er am Montag wieder hin, Erziehungspsychologie, Grundkurs. Das Studium machte ihm seit einiger Zeit so viel Spaß wie noch nie zuvor. Vor dem Unigelände schlängelte sich die B1 von Dortmund nach Bochum. Wenn er Richtung Innenstadt blickte, konnte er das riesige Stadion sehen, den Signal-Iduna-Park. Sven fand die alte Bezeichnung Westfalenstadion schöner, aber darum ging es nicht. Es ging um Geld und Werbung.

Es war ein warmer Sommertag geworden, die Sonne stand in einem fast blauen Himmel, obwohl es am Morgen noch kurz geregnet hatte. Aber die Wolken hatten sich schnell verzogen, jetzt wäre bestes Wetter, um baden zu gehen.

Sollten sie das nicht machen? Schade, dass sie nicht schnell genug von hier wegkommen würden, dachte er dann. Karla würde es nicht verstehen, wenn er sie dazu drängen würde. Es hatte sie sicher Überwindung gekostet, ihn hierher zu führen. Und wenn er dann sofort wieder weg wollte, würde sie es als Kritik auffassen. Indirekt auch als eine an ihr. Na ja, am Sonntag wäre vielleicht auch noch Zeit. Aber erst am Nachmittag, vorher musste er sich auf eine Klausur vorbereiten.

Er stand direkt hinter der Frau und schaute ihr über die

Schulter. Erst jetzt fiel ihm auf, dass sich ihr Brustkorb heftig hob und senkte. Sie war aufgeregt, kein Zweifel. Der Besuch von ihrer Tochter und deren Freund belastete sie, vielleicht überforderte er sie auch.

Komisch, wie viel sich diese Frau vormacht, dachte er. Alle waren Schuld an ihrem Zustand, die Umstände, die Nachbarn, wer weiß, wer noch alles. Nur sie selbst war es nicht. Die frische Luft, dazu das Wegräumen des Mülls, vor allem der Fischkonserve, bewirkten, dass es nicht mehr so stank wie noch am Anfang. Sven wagte es zum ersten Mal, tief durchzuatmen.

Irgendwann war Karla mit dem Aufräumen fertig, kam ins Zimmer, zog einen Stuhl in die Nähe des Sessels, in dem ihre Mutter saß und schaute sie an. Sven versuchte, ihren Blick zu verstehen. War das Vorwurf, Bedauern oder Mitleid? Er konnte es nicht erkennen. Wahrscheinlich war es von allem etwas.

»Sag aber nicht Opa, was du hier gemacht hast«, sagte ihre Mutter. »Der versteht das nicht. Dann kommt er gleich angelaufen und schimpft mit mir. Opa weiß nicht, dass ich viel zu schwach bin für die Arbeit in der Wohnung.«

Karla ging nicht darauf ein.

»Hast du noch genug Lebensmittel?«

Ihre Mutter nickte. »Opa hat mir welche gebracht. Vor drei Tagen. Oder vier.« Sie sah Karla fragend an und schüttelte dann den Kopf. Wie sollte sie auch ein Zeitgefühl haben, wenn sie tagaus, tagein immer nur in ihrer Wohnung saß, soff und rauchte?

»Hast du dich nett mit Sven unterhalten?«

Ihre Mutter zuckte mit den Schultern.

»Ich muss was trinken, ich hab Durst.«

»Tina, nicht jetzt, wo wir da sind. Warte damit, bis wir weg sind.«

Sven war erstaunt, dass sie nicht versuchte, ihrer Mutter das Saufen auszureden. Aber wahrscheinlich hatte sie das schon tausendmal versucht und die Vergeblichkeit längst eingesehen.

»Dann geht jetzt!«

Die Stimme ihrer Mutter hatte plötzlich eine Härte, die Sven ihr gar nicht zugetraut hatte. Karla stand auf, ihr Gesichtsausdruck hatte sich nicht verändert. Also war sie nicht böse über den harschen Tonfall.

»Mach 's gut, Tina. Ich weiß noch nicht, wann ich wiederkomme.«

»Ja ja, lass dir Zeit. Aber sag vor allem Opa nichts davon, was du hier gemacht hast. Opa versteht mich nicht.«

»Nein, Opa versteht dich nicht. Wie alle anderen dich auch nicht verstehen. Du hast es schwer, Tina.«

Jetzt kam ihr Ärger doch zum Ausdruck, es wäre auch ein Wunder gewesen, wenn es anders wäre.

Ihre Mutter reagierte nicht darauf, es war unklar, ob sie den Satz überhaupt verstanden hatte.

Nachdem sie das Haus verlassen hatten, blieben sie im Abstand von ein paar Metern stehen. Karla schloss die Augen und atmete tief durch. Dann sah sie Sven an und versuchte ein Lächeln.

»Jetzt gehörst du dazu. Jetzt gehörst du endgültig zu meiner Familie.«

Tränen traten ihr in die Augen, während sie das sagte.

12

Die kirchliche Jugendarbeit war nicht besonders spannend, Sven brauchte nicht lange, um sich darein zu finden. Schon drei Tage nach ihrer Begegnung hatte Robert angerufen. Der Pfarrer wäre einverstanden, wenn sie die Arbeit im Wechsel machten, hatte er erklärt. Sven sollte dienstags und donnerstags arbeiten, dazu vielleicht auch mittwochs, wenn Robert viel Arbeit mit seinem Examen hatte. Allerdings wollte der Pfarrer ihn vorher kennen lernen.

Die Begegnung mit ihm fand im Rigoletto statt, im Café ganz in der Nähe der Reinoldikirche. Sven wunderte sich über den Ort, warum nicht in Aplerbeck, aber der Pfarrer erklärte es ihm. Er hatte einen Abendmahlsgottesdienst in Reinoldi zu leiten und wollte vorher noch ein paar Dinge mit dem Küster absprechen. Danach hätte er Lust auf eine Tasse Kaffee, warum also das Treffen damit nicht verbinden?

Sven war etwas zurückhaltend, als sie sich am Zweiertisch mit Blick auf die Kleppingstraße gegenüber saßen, aber der Pfarrer hatte es ihm leicht gemacht. Er war ein mittelgroßer, etwas dicklicher Mann, der keine Gelegenheit ausließ zu lachen. Er erkundigte sich, was Sven so mache und als der ihm von dem Studium erzählte, dass im Moment ein wenig stocke, wurde der Pfarrer plötzlich sehr ernst.

»Robert sagte mir, dass Sie gerade eine Trauerphase durchlaufen«, sagte er.

Trauerphase, Sven stutzte. Nein, so ein Wort hätte er nicht

auf sich selbst angewendet. Zu fremd war es ihm, vielleicht auch zu religiös. Immerhin schwang Optimismus darin. Phase, das bedeutete doch, dass sie irgendwann vorbei sein würde. Nein, so war das aber nicht. Karla würde ihm fehlen. Er konnte zwar denken, dass es mal anders werden würde, aber fühlen, nein fühlen konnte er es nicht. Aber ein Pfarrer musste so etwas wohl sagen. Immerhin ging er Sven nicht mit billigem Trost auf die Nerven.

»Trauer braucht ihren Platz und ihre Zeit«, sagte er. »Kommen Sie zu uns, das wird Ihnen und unseren Jugendlichen gut tun.«

Um drei Uhr musste Sven da sein und die Kellerräume aufschließen. Meistens lümmelten sich schon ein paar Jugendliche vor dem Gemeindezentrum rum. Ihre Fahrräder stellten sie ab, wie sie es wollten. Manchmal musste Sven Slalom laufen, um zur Tür zu gelangen. Dabei wurde er mit Sprüchen bedacht, die cool oder witzig klingen sollten, die aber meistens misslangen.

»Ey Alter, komm doch auch mit dem Fahrrad, dann bisse früher hier.«

Sven nickte und grinste. Ganz fremd war ihm der Tonfall aus seiner Zeit beim Fußball nicht. Und außerdem zeigte er Vertrautheit. Was wollte er mehr?

Seit seinem ersten Besuch war eine Tischtennisplatte angeschafft worden. Fast einen ganzen Raum füllte sie aus und drängte den Kickerautomaten an den Rand. Nach Absprache mit Robert hatte er eine weitere Neuerung eingeführt, nämlich einen Teekocher gekauft. Robert besorgte das Geld dafür im Gemeindebüro. Seitdem wurde ausgiebig Tee gekocht, den Sven von zu Hause mitbrachte, vor allem die Mädchen machten das. Sven bekam eine Tasse gereicht, wenn er es wünschte.

Er lief während seiner Dienstzeit durch die Räume, sprach mit diesem oder jenem und ließ sich manchmal zum Tischtennis- oder Fußballduell herausfordern. Ihn zu schlagen bedeutete den Jugendlichen etwas, merkte er. Die Sieger stiegen in der Achtung der anderen. Deshalb begann Sven, bei schüchternen Typen, die es schwer hatten in der Gruppe, auch mal absichtlich zu verlieren, nicht immer natürlich, sonst wäre der Sieg ja nichts Wert gewesen.

Erik, den er schon von der ersten Begegnung her kannte, führte auch weiterhin das große Wort. Sven konnte nicht immer so gelassen darauf reagieren wie Robert. Er mischte sich ein und versuchte, seinen Einfluss zurück zu drängen, wenn Erik mal wieder alles bestimmen wollte. Erik reagierte zunehmend gereizt darauf, während Sven von den anderen nicht mal Unterstützung für sein Eingreifen bekam. Wenigstens darauf hatte er gehofft.

Irgendwann merkte er, dass Erik nicht einfach nur bestimmen wollte, sondern es genoss, wenn es Streit gab. Er hatte Freude daran, wenn die Leute sich in den Haaren lagen und die Stimmung mies war, wobei ihm egal war, ob er den Anlass dafür gab oder ein anderer. Wenn es ein anderer war, goss er nach Kräften Öl ins Feuer. Sven merkte es an dem versteckten Grinsen, das sich jedes Mal auf Eriks Gesicht abzeichnete, wenn sich wieder ein paar Jugendliche anschrieen.

Sven versucht dann nicht immer, den Konflikt zu lösen. Ablenkung, merkte er mit der Zeit, war viel erfolgreicher. Er schlug ein kleines Tischtennisturnier vor oder einen Wettkampf beim Tischfußball, auch Brettspiele holte er aus dem Schrank. Lösungen setzten Kompromissbereitschaft voraus und daran mangelte es. Manchmal klappte seine Strategie, manchmal auch nicht. Dann hatten sie zu nichts Lust und maulten weiter.

»Warum macht Erik das?«, fragte Sven Robert, als sie sich eine Schicht teilten und Robert kam, um ihn mittendrin abzulösen.

Robert zuckte mit den Schultern.

»Weiß nicht, der ist einfach so.«

»Aber irgendwelche Gründe für seine Aggression muss er doch haben. Was ist denn mit seiner Familie?«

»Die Mutter machte auf mich einen vernünftigen Eindruck, als ich mal mit ihr gesprochen habe. Er wird zu Hause nicht geschlagen, sagt sie. Und so, wie sie das gesagt hat, glaube ich ihr. Sie weiß auch nicht, warum ihr Sohn so ist.«

»Also wird man so geboren.«

»So geboren wird niemand. Aber vielleicht hat er sich dafür entschieden, ganz einfach.«

»Der freie Wille also.« Sven merkte selbst, wie Roberts Antworten ihn zunehmend aggressiv machten. »Der eine möchte was Gutes im Leben schaffen und der andere entscheidet sich für das Böse.«

»Ja, genau so.«

Sven merkte, dass Robert durch die Arbeit ein wenig frustriert war. Und als er das dachte, glaubte er plötzlich die Stimme seines Vaters zu hören.

»Ich hab 's dir doch gesagt. Diesen kaputten Typen kann man nicht helfen. Die sind so und die bleiben so. Warum willst du dein Leben mit denen zubringen?«

Sven versuchte es von da an mit einem anderen Tonfall gegenüber Erik. Er bemühte sich um Freundlichkeit, um sanfte Ermahnung. Erik nahm es anfangs mit Erstaunen zur Kenntnis, blieb aber trotzdem wie er war.

Es gab aber auch andere in der Gruppe, mit denen Sven gerne sprach. Nina gehörte dazu. Sie war blass und zu klein für ihr Alter. Ihre Eltern hatten sich getrennt, sie lebte bei ihrer Mutter, ihr Vater meldete sich nicht mehr, hatte sie ihm auf Nachfrage erzählt. So oft es ging, kam sie ins Gemeindezentrum, denn zu Hause musste sie nachmittags meistens auf ihren kleinen Bruder aufpassen. Ihre Mutter hatte eine Stelle bei einer Reinigungsfirma, wenn sie nach Hause kam, fehlte ihr die Kraft für den zweijährigen Sohn. Nina hatte Verständnis für ihre Mutter, sagte sie. Sie nahm ihr den Kleinen oft ab, ohne dass ihre Mutter es verlangen musste und betreute ihn. Aber manchmal wollte sie auch das sein, was sie war. Ein vierzehnjähriges Mädchen, das all die Dinge ausprobieren wollte, die dazu gehörten.

Sven gefiel, wie einsichtig sie alles beurteilte. Sie war viel reifer, als man es in ihrem Alter erwarten durfte.

Sven zeigte ihr gerne ein paar Tricks beim Tischtennisspiel. Sie war nicht gut, aber sie spielte gerne. Sie gewinnen zu lassen, brachte nichts, das hätte sie ihm sowieso nicht abgenommen. Aber er konnte ihr helfen, dass sie sich verbesserte und tatsächlich gewann sie nach ein bisschen Übung manchmal gegen andere Mädchen. Sie war aber auch nicht böse, wenn sie es nicht schaffte. Nina war froh, hier zu sein.

Es waren auch zwei türkische Mädchen darunter, die eine mit Kopftuch. Dilan und Perihan. Es waren Mädchen, die keinen Stress machten. Sven fand es gut, dass sie hierher kamen. Religion spielte nur am Rande eine Rolle, also konnten auch Moslems teilnehmen. Ob ihre Eltern damit einverstanden waren oder ob sie von sich aus gekommen waren? Sven fragte nicht nach aus Sorge, ein Problem los zu treten. Es war doch gut so wie es war, man musste nicht alles wissen.

Ronny war ein kräftiger Junge mit dickem Bauch, das geborene Opfer für Sticheleien, die er aber selten erdulden musste, denn Ronny war witzig. Er konnte so gut parieren, dass nicht er, sondern der andere beschämt dastand. Sven unterhielt sich gern mit ihm, auf Erik reagierte Ronny gelassen.

»Wer einen Anführer wie Erik hat, dem kann im Leben nichts passieren. Der hat immer seine Ruhe«, sagte er, als Erik wieder mal gezündelt hatte.

Sven musste laut loslachen, die anderen stimmten ein. Es war eine Reaktion, die Erik zum ersten Mal verstummen ließ.

Mit der Zeit lernte er sie alle kennen. Und je mehr er das tat, desto mehr wuchs sein Verständnis für sie und bei einigen auch Sympathie. Trotzdem bedrückte es ihn, wenn er feststellte, wie viel in ihrem Leben schon entschieden war. Sie waren jung, die Welt stand eigentlich offen. Aber prägend war das andere. Abstellgleis Hauptschulabschluss, die fehlende Konzentration, irgendetwas durchzuhalten, Eltern, die wenig Interesse an ihnen hatten, manche wurden sicher auch geschlagen, was sie aber nicht zugaben. Sven begann zu begreifen, dass es für einige gut war, einfach in diesen Räumen rumzuhängen und nicht beschimpft oder überfordert zu werden. Es waren Einsichten, die an der Uni nicht gelehrt wurden, Sven lernte, mit ihnen umzugehen.

Und noch etwas lernte er, nämlich sein Elternhaus und vor allem seinen Vater anders zu sehen. Geschlagen hatte er ihn auch, aber höchstens drei-, viermal. Dafür hatte er sich aber um ihn gekümmert, auf seine Weise, festgefahren in seinen Meinungen, immer voller Vorurteile, aber es war ein Kümmern gewesen. Wenigstens das.

Sven wunderte sich. Da zeigte sich bei seinen Jugendlichen eine Welt, die es schon vorher gegeben hatte. Warum war sie ihm bis jetzt nicht aufgefallen, nicht richtig jedenfalls? Eigentlich, wenn er es genau überlegte, war er ihr doch schon nahe gewesen. Manche in seinem Fußballverein waren denen, die hier ohne Zukunft rum hingen, ähnlich gewesen. Aber er hatte nicht nachgehakt, er hatte es einfach nicht so genau wissen wollen.

Die Arbeit war wichtig für ihn, merkte er, jedenfalls eine Zeitlang.

Trotzdem, dieses offene Konzept behagte ihm immer weniger. Rumhängen, Tischtennis spielen, kickern, dazu Musik-CDs hören, das war auf Dauer zu wenig. Irgendwas fehlte, ein Projekt am besten, das sie anregte.

Sie setzten sich zusammen, der Pfarrer, Robert und er. Der Pfarrer war wieder fröhlich, als sie das Gespräch begannen. Es war leicht, ihn zum Lachen zu bringen, indem sie ihm ein paar komische Erlebnisse aus ihrer Arbeit erzählten. Dass das Programm ergänzt werden müsste, war allen klar, sie mussten gar nicht lange darüber diskutieren. Es war schließlich der Pfarrer, der die Idee hatte, es mit Kreativität zu versuchen.

»Ja, die müssen mal was Kreatives machen!«, rief er. »Die müssen sich ausprobieren, auf etwas einlassen, das sie noch nicht kennen.« Er hätte da auch schon eine Idee, fügte er hinzu. Und etwas Geld, um sie umzusetzen, hätte er auch.

Ein paar Tage später war Stephan zum ersten Mal im Gemeindehaus und nahm für zwei Stunden in der Woche den Diskoraum in Beschlag. Von nun an sollte er einmal wöchentlich kommen. Stephan war Maler. Er war ein sanfter Typ, dem jedes andere als ein freundliches Wort schwer fiel. Die Jugendlichen bemerkten sein weiches Wesen sofort und begannen zu kichern, wenn er ihnen etwas erklärte.

Stephan brachte Farbtöpfe, Pinsel und Tapetenrollen mit, die er auf dem Fußboden ausrollte. Die Jugendlichen beendeten ihr Kichern und sahen ihm neugierig über die Schulter. Dann schlug Stephan vor, Tiere zu malen und machte es vor. Mit ein paar kräftigen Farbstrichen, wobei er lila und rosa als Farben bevorzugte, entstand das Bild einer Kuh. Sie war gut gezeichnet, stellte Sven fest. Und wegen der Verfremdung durch die Farben machte das Bild einen reizvollen, ja künstlerischen Eindruck. Die Jugendlichen waren unberührt, sie lachten wieder und begannen zu muhen.

»Los, jetzt seid ihr dran.«

Stephan tat so, als hätte er das Muhen nicht gehört und hielt zwei Pinsel hoch.

»Los, malt euer Lieblingstier.«

Das Gelächter machte verlegenem Kichern Platz. Über einen anderen zu lachen war nicht schwer, aber wenn jemand über sie lachen würde …

»Nun los, traut euch doch.«

Sven merkte, dass er eingreifen musste, damit die ganze Aktion nicht schon am Anfang scheiterte. Nina griff schließlich nach einem der Pinsel und schaute dabei Sven an. Offensichtlich hatte sie das Gefühl, sich für seine Freundlichkeit bedanken zu müssen. Langsam entstand mit hell- und dunkelbrauner Farbe das Bild eines Hasen. Er war gar nicht so schlecht, das Gekicher hielt sich in Grenzen.

Nina schaute Sven an und meinte, sie müsste etwas erklären.

»Manchmal muss ich für meinen kleinen Bruder malen«, sagte sie. »Dann freut er sich.«

Sven nickte. Ja, das gab es auch. In all dem Vernachlässigten traten Momente von Zuneigung und Zärtlichkeit zutage. Es waren die Augenblicke, die er brauchte für seine Arbeit.

Nach Nina trauten sich auch andere, vor allem Mädchen. Hunde, Katzen und ein Löwe wurden gemalt, bei manchen konnte man nur eine entfernte Ähnlichkeit entdecken. Stephan machte das nichts aus, er lobte, gab Tipps und korrigierte leicht mit ein, zwei Strichen, so dass das Tier doch erkennbar war.

Ronny tunkte den Pinsel in rosa Farbe.

»Ich male jetzt mein Haustier«, verkündete er.

Alle waren gespannt, was nun kommen würde, auch Sven. Mit ein paar groben Strichen entstand ein Tier, das einem Schwein glich. Es hatte ein lachendes Gesicht, was an den dicken Backen lag, die Ronny bewusst zeichnete, denn er korrigierte daran ein paar Mal, bis es ihm passend erschien.

»Ist das dein Haustier oder bist du das selber«, rief Holger.

Ronny freute sich. »Mein Haustier natürlich. Sonst wäre es ja noch schöner.«

»Und wie heißt es?«

»Schweini, wie der Fußballer.«

Alle lachten, Ronny am lautesten.

Sven freute sich. Ja, genauso hatten er, Robert und der Pfarrer sich das vorgestellt.

Nur Erik saß überheblich grinsend in einer Ecke und tat so, als wäre alles unter seiner Würde.

Nachher hatten Stephan und er noch Zeit, miteinander zu reden, während ein paar Jugendliche halfen, den Fußboden zu säubern, die Pinsel zu waschen und die Farbtöpfe in einen abschließbaren Kellerraum zu schleppen.

»Du bist ja gut«, sagte Sven. »Wie du mit einem Strich ein ganzes Bild retten kannst, das ist wirklich prima.«

Stephan lächelte und holte ein paar Fotos aus der Innentasche seiner Jacke. Es waren Fotos von seinen Bildern, Kühe in verfremdenden Farben waren darauf abgebildet, dazu auch ein paar Männerakte. Sven hatte es längst geahnt.

»Es sind großformatige Bilder«, erklärte Stephan. »Weißt du, ich liebe Kühe ...«

Und du liebst auch ... ach was, warum sollte Sven das sagen? Was zählte, waren die Bilder und die sprachen ihn an. Das Komische bei den Kuhmotiven, das Erotische bei den Männerakten. Es war eine Erotik, die er deutlich spürte, obwohl sein Leitbild Frauen waren. Nein, nicht Frauen. Karla war es, einzig sie.

»Verkaufst du was davon?«

Stephan nickte. »Ja, in letzter Zeit immer mehr. Es geht voran.«

Ein bisschen Stolz schwang mit, als er das sagte, aber nicht zu viel. Die Stimme blieb weich und bescheiden.

»Und wie viel kostet so ein Bild?«

»Zwei, dreitausend. Kommt drauf an.«

Jetzt staunte Sven. So viel! Dann könnte er sich keines von Stephans Bildern leisten.

»Aber leben kannst du noch nicht davon.«

Er hatte eine Bestätigung erwartet, aber die gab ihm Stephan nicht.

»Weißt du, ich habe im Herbst zwei große Ausstellungen. Eine in Düsseldorf und eine in der Willi-Sitte-Galerie in Merseburg.«

»Willi Sitte?«

»Ein berühmter Maler, noch aus DDR-Zeiten. Ich mag ihn sehr. Weißt du, wenn die gut laufen, dann wäre das mein Durchbruch.«

»Und du könntest dir solche Malstunden wie die heute ersparen.«

Wieder gab es keine Bestätigung.

»Weißt du, ich mache das gerne. Ich biete auch Seminare in meiner Werkstatt für Laien an. Die lernen von mir die Technik, aber ich lerne auch von ihnen.«

Von Laien lernen? Jetzt verstand Sven ihn gar nicht mehr. Künstler, merkte er, waren ihm fremd. Wie sollte es auch anders sein? Dort, wo er herkam, spielten Künstler überhaupt keine Rolle, im Gegenteil, sie wurden als Spinner abgetan. Genau wie im Umfeld jener Jugendlichen, mit denen Stephan gerade gemalt hatte.

Erst jetzt fiel ihm auf, wie gut die beiden Stunden gelaufen waren. Ja, die Jugendlichen hatten sich auf jemanden eingelassen, der ihnen fremd war. Und das Ergebnis war erstaunlich gut gewesen. Ein paar Meter bemalte Tapeten lagen zusammengerollt auf einem Tisch. Sven wollte vorschlagen, sie irgendwo im Gemeindehaus aufzuhängen.

»Und was lernst du von ihnen?«

»Die meisten malen brav, was man erwarten kann. Von denen kann ich natürlich nichts lernen. Aber einige, weißt du, die haben einen ganz eigenen Blick auf eine Sache. Ob sie das bewusst tun oder unbewusst, ist egal. Dann merke ich plötzlich, ja, da ist eine Perspektive, aus der du einen Gegenstand oder eine Situation noch nicht gesehen hast. Und die kann ich dann für meine Kunst verwenden.«

Sven nickte. Ja, das klang einleuchtend.

»Hast du heute auch eine Anregung gekriegt?«

Er fragte es ohne innere Überzeugung.

»Einer von den Jungen hat seinen Hund vorn übertrieben kräftig, fast dick gemalt. Dagegen war der Hinterkörper magersüchtig. Das sah lustig aus.«

Sven erinnerte sich an das Bild. »Das hat er gemacht, weil er es nicht besser konnte.«

»Ist doch egal. Es war trotzdem raffiniert, denn es wirkte wie eine optische Täuschung.«

»Dann wirst du solche Seminare also weitermachen, selbst wenn du den Durchbruch schaffst?«

»Das weiß ich noch nicht. Kommt drauf an, wie viel Zeit mir bleibt. Aber wenn es geht, warum nicht?«

Sven nickte. Ja, er nahm es Stephen ab, dass er diese Arbeit selbst bei einem Erfolg fortsetzen würde. Wer so geduldig mit den Jugendlichen umging, hatte einfach Lust dazu. Vor allem, wenn er selbst bei schwierigen Verhältnissen immer auch einen Vorteil darin sah.

Das Gespräch, merkte er, tat ihm gut. Stephan strömte einen Optimismus aus wie er ihn lange nicht verspürt hatte. Typen wie er waren selten in seinem Umfeld. Erst jetzt, wo er mit Stephan sprach, fiel es ihm auf.

»Gefällt mir, wie positiv da alles siehst«, sagte Sven, »so was ist selten in Dortmund.«

»In Dortmund, im Ruhrgebiet, vielleicht überall«, ergänzte Stephan. »Aber du kennst doch den alten Spruch: Du hast keine Chance, also nutze sie.«

Er lachte, Sven stimmte darin ein. Wie lange hatte er das schon nicht mehr getan, dachte er, einfach laut zu lachen.

13 Es regnete. Sven stand am Fenster und schaute hinaus. Gerade eben hatte Alex die Wohnung verlassen.

»Ich bin da einer guten Sache auf der Spur!«, hatte er gerufen. Sven hatte nicht nachgefragt, was das für eine Sache war. Vielleicht plante er ein krummes Ding, wie ihm das jeder Zeit zuzutrauen war, vielleicht wollte er in der kleinen Autowerkstatt seines Freundes arbeiten, wie er das manchmal tat. Alex war alles zuzutrauen. Andererseits konnte er auch alles. Heute kellnerte er, morgen reparierte er Autos, übermorgen verkaufte er … Sven wollte nicht weiter darüber nachdenken. Er merkte nur, dass er froh darüber war, allein in seiner Wohnung zu sein.

Das Gespräch mit Stephan fiel ihm ein. Wenn er mit Karla zusammen war, dachte er, hatte er auch Optimismus gespürt, aber einen anderen. Es war kein Optimismus gewesen, den eine Person verströmt hatte, sei es Karla oder er. Es war einer gewesen, der aus der Situation, aus seinem Alltag heraus entstand. Sie beide zusammen, hatte er gemerkt, ja das war es gewesen. Mit ihr an seiner Seite hatte er nach vorn blicken können, froh, fast ausgelassen. Er versuchte, dieses Gefühl noch einmal zu spüren, aber es gelang ihm nicht.

Der Regen fiel gegen die Fensterscheibe, Tropfen perlten herunter, die Häuser auf der anderen Straßenseite verschwammen zu bläulich-gelben Farbklecksen mit grauen Tupfen dort, wo die Fenster waren. Wie ein impressionistisches Bild, eines, das Stephan aber nie gemalt hätte. Er liebte keine verschwommenen Gegenstände, erinnerte sich Sven, ihm kam es auf die Perspektive an.

Svens Gedanken sprangen. Er dachte an Stephan, dann an Robert und dass ihre zufällige Begegnung gut für ihn gewesen war. Dann hatte er das Gefühl, eine Zeitlang an gar nichts zu denken.

Plötzlich fiel ihm der Opa ein. Mensch, wie hielt er das bloß aus ohne Karla? Aus seiner Familie gab es noch ihn, es gab auch noch seine Tochter, aber ohne Karla musste er sich fühlen wie ein Baum, dem die Wurzeln abgehackt waren. Komisch, dass er das gerade jetzt dachte. Oder doch nicht komisch? Bisher hatte er sich immer nur auf sich selbst konzentriert. Welchen Verlust er erlitten, was Karlas Tod für ihn bedeutet hatte. Er merkte, dass er seinen Blick erweitern musste. Ob das mit diesem jungen Maler zu tun hatte? Er schüttelte den Kopf. Ach was, ein einziges Gespräch konnte so etwas nicht bewirken. Es musste an ihm liegen, er selbst war unmerklich weitergegangen.

Der Opa hatte ihm mal erzählt, wie glücklich er nach Tinas Geburt gewesen war. Jetzt würde ein neues Leben beginnen, hatte er geglaubt. Eines, das viel tiefer ginge als sein bisheriges. Wochen-, monatelang wäre er wie auf einer Wolke geschwebt. Ja, der Opa war richtig poetisch geworden, als er das erzählte.

Aber dann wäre etwas passiert, das er zuerst gar nicht verstanden hätte. Seine Frau wäre immer stiller geworden. Sie hätte aufgehört, von sich aus etwas zu erzählen, dann hätte sie immer kürzer auf seine Fragen geantwortet und schließlich gar nicht mehr.

Heute wisse er natürlich, dass das eine Depression gewesen sei, aber damals hätte er nicht mal das Wort gekannt. Seine Frau hätte versucht, dagegen anzukämpfen, ihr wäre ja auch nicht klar gewesen, was mit ihr los war. Sie hätte sich zum Sprechen gezwungen, zur Anteilnahme an dem Leben um sie herum, aber es wäre ihr nicht gelungen.

Tina müsse auch etwas davon gespürt haben, meinte er, denn sie hätte irgendwann angefangen zu schreien. Einfach so, ohne jeden Grund. Und vor allem lange, schrecklich lange. Er hätte nicht gewusst, was er machen sollte. Sie auf den Arm nehmen und spazieren tragen oder in ihr Zimmer einsperren. Seine Frau hätte es sowieso nicht gewusst. Sie hätte nur umso apathischer da gesessen, je länger das Geschrei gedauert hätte. Manchmal hätte er einen richtigen Hass auf das Kind gespürt, was natürlich falsch gewesen sei, völlig falsch. Er wisse das. Aber er hätte sich eben nicht zu helfen gewusst.

Fast vier Jahre lang wäre das so gegangen, eine stille, oft auch stumme Frau und ein reizbares Kind. Natürlich hätte es zwischendurch Phasen gegeben, in denen er gehofft hatte, dass es besser würde. Dann hätte seine Frau wieder mehr Anteil am Leben genommen, aber richtig gut wurde es nicht mehr. Es wäre ein stummes Haus gewesen, in das er von der Arbeit heimgekehrt wäre, denn mit der Zeit hätte Tina aufgehört zu schreien und wäre still geworden. Viel weniger als andere Kinder hätte sie gesprochen.

In seiner Verzweiflung wäre er manchmal abends ausgegangen, hätte sich voll laufen lassen, aber das hätte alles nur schlimmer gemacht. Seine Frau hätte dann angefangen zu weinen, wenn er zurück kam und mit ihr hätte auch Tina geweint.

Deshalb hätte er es gelassen und nur noch zwischendurch, ohne dass seine Frau es gemerkt hätte, auf dem Rückweg von der Arbeit ein Bier getrunken.

Das Ende wäre ganz schnell gekommen. Seine Frau hätte über Schmerzen am Herzen geklagt und sich ins Bett gelegt. Sie hätte keinen Arzt gewollt, sondern gemeint, das würde sich schon geben, aber er hätte trotzdem einen gerufen. Als der Arzt kam, war sie schon tot gewesen. Damals wäre Tina gerade fünf Jahre alt geworden.

Mit einer Kinderfrau aus der Nachbarschaft hätte er sich

beholfen und von der Erziehung und der Hausarbeit so viel wie möglich selber übernommen. Anfangs wäre das ganz gut gegangen, Tina hätte mit der Zeit auch mehr gesprochen, aber in der Schule hätte sie trotzdem Schwierigkeiten gehabt. Viel zu still sei sie dort gewesen, viel zu langsam beim Lernen.

Manchmal hätte er eine Frau mit nach Hause gebracht, er wäre ja schließlich auch ein Mann. Der Opa hatte verlegen gelächelt, als er ihm das erzählte. Dann hätte Tina, wenn sie es merkte, einen Riesenkrach veranstaltet, so dass er nach Frauen gesucht hätte, die ihn zu sich mitgenommen hätten.

Sven hatte schweigend zugehört. Mein Gott, was für ein Leben, hatte er gedacht, das würdest du nie aushalten. Keinen Monat würdest du das schaffen. Er konnte sich nicht erinnern, was der Opa noch alles erzählt hatte über die Zeit, bis Tina groß war. Vielleicht hatte er es verdrängt, vielleicht hatte er auch schon damals nicht richtig zugehört, weil es ihn zu sehr bedrückte. Er wusste nur noch, dass Tina früh ausgezogen war. Gerade siebzehn sei sie gewesen, noch in der Lehre als Verkäuferin in einer Bäckerei.

»Zum Siggi ist sie gezogen, diesem Dreckskerl«, hatte der Opa gerufen und Wut hatte in seiner Stimme mitgeschwungen. »Ich habe sie gewarnt, ich wollte sie da raus holen, aber sie hat nicht gewollt. Natürlich hat der Kerl sie sofort geschwängert und danach hat er sie nur noch betrogen. Immer nur betrogen. Mit Weibern, die er sich nur aus der Gosse besorgt haben kann, jedenfalls sahen sie danach aus. Dann fing er mit krummen Geschäften an, lange hat er es als Elektriker sowieso nie bei einer Firma ausgehalten. Hat irgendwelche Geräte verkauft, die er von irgendwem bekommen hat. Vielleicht hat er sie auch selber geklaut. Dann ist er zum ersten Mal in den Knast gekommen und Tina saß da alleine mit dem Kind. Als er zum ersten Mal raus kam, wollte er zurück zu ihr, aber da habe ich ihn an den Kragen gepackt und rausgeschmissen. Ich weiß gar nicht, woher ich die Kraft dazu genommen habe, denn der Kerl ist stark. Hat ein Kreuz wie ein Kleiderschrank. Aber wahrscheinlich war er zu überrascht, weil er es mir nicht zugetraut hatte. Das hätte ich früher machen sollen, viel früher.«

Der Opa hatte bitter dazu gelacht und dann geschwiegen.

»Und das Trinken von Tina«, hatte Sven gefragt, »wann hat das begonnen?«

»Natürlich mit diesem Siggi. Der hat sie an die Flasche gebracht. Er hat ja selber gesoffen wie ein Loch.«

Der Opa schwieg wieder. Sven merkte, dass ihm tausend Gedanken durch den Kopf schossen.

»Vielleicht hätte Karla auch angefangen zu saufen. Oder Drogen zu nehmen oder was weiß ich. Aber ich habe sie da rausgeholt. Ich kannte ja noch die Kinderfrau von früher und für Karla habe ich mir mehr Zeit genommen. Ich wollte nicht die Fehler wiederholen, die ich bei Tina gemacht habe.«

Sven konnte sich genau an den Blick erinnern, mit dem der Opa ihn angeschaut hatte. Erleichterung drückte sich darin aus, auch ein wenig Stolz.

Um Gottes Willen, fiel Sven plötzlich ein, wie würde der Opa ihn ansehen, wenn er ihm die Geschichte noch mal erzählen würde? Heute, wo Karla nicht mehr da war. Er wollte es sich nicht vorstellen.

Alles war bei ihm verkehrt gelaufen. Mit seiner Frau hatte es angefangen, mit seiner Tochter war es völlig missglückt, mit Karla hätte es gut gehen können. Ja, sie hätte seine Hoffnung werden können, wenn, ja wenn ….

Ich muss ihn mal wieder besuchen, dachte Sven. Es ist gemein von mir, wenn ich ihn im Stich lasse. Karla hätte das niemals gewollt. Es ist nicht nur so, dass ich der Letzte bin, der dem Opa geblieben ist. Umgekehrt ist er der Letzte, der mir von Karla geblieben ist.

14

Alex blieb plötzlich immer länger in der Wohnung. Tageweise ging er nur noch aus, um ein paar Lebensmittel im Supermarkt am Ende der Straße zu kaufen. Hauptsächlich Dinge, die er selber gerne aß. Sven war egal, woher er das Geld hatte. Es war schließlich selbstverständlich, dass er sich an den laufenden Kosten beteiligte, das Geld, das Sven bei der Kirche verdiente, reichte kaum für ihn selber. Wenn es gar nicht anders ging, konnte Sven noch seine Mutter anpumpen, aber für Alex waren seine Eltern nicht zuständig.

Einmal, als Sven von der Arbeit im Gemeindehaus nach Hause kam, hatte er das Gefühl, dass es nach Parfüm roch. Es war ein Fliederduft, den manche Mädchen gern verwendeten, kein Rasierwasser. Sven stutzte und sog die Luft ein, Alex merkte es und lächelte verlegen. Egal, Sven beschloss, nicht darauf einzugehen. Den Duft konnte er ertragen, Hauptsache, er war dem Mädchen nicht begegnet. Das war immer noch die Wohnung, in die Karla gehörte und keine andere Frau.

Zuerst blieb Alex noch in seinem Zimmer und hörte Musik auf dem CD-Player. Dann änderte er sein Verhalten und hielt sich am liebsten in der Küche auf, wo der Fernseher stand. Er guckte dort die blöden Nachmittagsshows, in denen sich Leute übler beschimpften als die Jugendlichen im Gemeindehaus.

Die Freude, bei seiner Rückkehr jemanden in der Wohnung anzutreffen, der ihn von deprimierenden Gedanken abhielt, spürte Sven schon seit Tagen nicht mehr. Im Gegenteil, Alex nervte ihn. Es nervte ihn, dass er das Fernsehprogramm nicht alleine bestimmen konnte, es nervte ihn, dass ein Stuhl belegt war, auf den er sich selber gerne gesetzt hätte, es nervte ihn, dass er nicht allein sein konnte mit seinen Gedanken. Vor allem mit seinen Gedanken an Karla.

»Sag mal, was ist jetzt mit deinen Schulden bei Berat«, fragte er ihn eines Nachmittags, als er keinen Dienst bei der Kirche hatte und Alex sich wieder vor dem Fernseher in der Küche rumlümmelte. »Hast du das Geld bald zusammen?«

»Zweitausend Euro? Wie stellst du dir das vor?« Die Empörung, die mitschwang in seiner Stimme, schien echt zu sein.

Sven war im ersten Moment verblüfft, als er die Antwort hörte.

»Ja, und wie stellst du dir das vor? Willst du immer bei mir wohnen? Dich immer vor Berat verstecken? Oder glaubst du, dass Berat irgendwann auf sein Geld verzichtet, einfach so, weil er dich toll findet?«

»Ey, Alter, nun bleib mal cremig.« Alex hatte Svens aggressiven Unterton zwar bemerkt, aber wirklich betroffen davon schien er nicht zu sein. »Das wird schon noch.«

»Wie, das wird schon noch? Glaubst du etwa, so was erledigt sich von selber?«

»Das lass mal meine Sorge sein, ich krieg das schon hin.«

Er hielt es nicht mal für nötig, ihn dabei anzusehen, sondern starrte weiter auf den Fernseher, wo sich gerade zwei Mädchen gegenseitig vorhielten, frigide zu sein. Eine ganze Zeitlang beschrieben sie Situationen von ihnen beiden, in denen die jeweils andere angeblich prüde gewesen war, dann kippten ihre Vorwürfe ins Gegenteil um und sie nannten sich Schlampen. Sven konnte gar nicht anders als selber eine Zeitlang auf den Bildschirm zu starren. Schließlich riss er sich von dem Schwachsinn los.

»Wieso soll das nicht meine Sorge sein? Du hängst hier seit mehr als zwei Wochen in meiner Wohnung rum, nervst mich mit deiner blöden Musik und deinen dämlichen Fernsehprogrammen und machst keine Anstalten, dafür zu sorgen, dass du zurück in deine Wohnung kannst.«

»Ich weiß nicht, warum du dich so aufregst. Habe ich dir etwa nie geholfen? Vor allem als du so unzuverlässig warst in der Brasserie? Da bist du doch gekommen wann du wolltest, aber ich habe dich trotzdem arbeiten lassen. Silke hätte dich in die Wüste geschickt, wenn ich nicht gewesen wäre, das weißt du genau.«

»Du hast mich engagiert und dafür einen Teil meines Stundenlohns eingesteckt. Na, herzlichen Dank für deine Hilfe!«

»Das war meine Provision. Ich hab schließlich was riskiert dabei und so was muss belohnt werden.«

So kannte Sven ihn. Alex stritt seine Betrügereien nicht mal ab, im Gegenteil, er fand sogar noch Gründe dafür, mit denen er sie rechtfertigte. Er beschloss, nicht weiter darauf einzugehen.

»Hast du wenigstens einen Plan, wie du das hinkriegen kannst mit Berat?«, fragte er.

»Hör mir auf mit Plänen. Pläne funktionieren sowieso nicht. Da denkt man heute, so muss das laufen und morgen ist wieder alles ganz anders. Ich muss eine Idee haben, verstehst du. Irgendwas muss mir einfallen, zack, dann läuft das.«

Es nutzte nichts, begriff er, Alex dachte nicht an morgen. Genauso wenig wie er an gestern dachte. Alles zog sich zum Jetzt zusammen. Was gestern war, war vorbei. Was morgen kam, konnte so oder anders kommen. Warum sich also darüber Gedanken machen? Nur was jetzt passierte, war wichtig. Nur darauf kam es Alex an.

Er atmete tief durch. Wie sollte er bloß aus dieser Nummer rauskommen?

In diesem Moment klingelte sein Handy.

»Hallo«, hauchte eine Stimme in den Hörer, »bist du es?«

Er verstand zuerst nicht. Hatte sich jemand verwählt?

»Hallo«, hauchte die Stimme wieder, »bist du noch dran?«

In dem Moment begriff er. Ja, es war die Frau! Wie hieß sie noch gleich? Rita, ja, es war Rita. Sie zog dieselbe Masche ab wie beim ersten Anruf, er hätte gleich auf sie kommen müssen.

»Ja, ich bin es.«

Er wollte noch etwas hinzufügen, das freundlich, jedoch nicht intim klang, aber es fiel ihm nichts ein. Sollte er etwas von Liebe faseln? Das ging ja nun wirklich nicht. Wieder entstand eine längere Pause.

»Du hast dich nicht mehr gemeldet. Hat es dir nicht gefallen?«

Ihre Stimme klang plötzlich weniger hauchend als zögerlich. Sven spürte deutlich ihre Angst vor seiner Antwort.

Ja, stimmt, wollte er antworten, ich habe gar nicht daran gedacht, mich noch mal zu melden, konnte sich aber im letzten Moment bremsen. Er wollte die Frau nicht kränken, dafür hatte sie ihm wirklich keinen Anlass gegeben. Das Ganze war vielleicht peinlich gewesen, für ihn, auch für die Frau. Aber schämen mussten sie sich dafür nicht.

»Es ging nicht«, stotterte er, »es war so viel zu tun.«

Blöd, dachte er. Einfach nur blöd, diese Antwort. Wer sollte ihm abnehmen, dass es an der Zeit gelegen hatte? Niemand würde das glauben, auch sie nicht. Gleichzeitig merkte er, dass er mit dieser Antwort ihren Kontakt in der Schwebe hielt. Nein, eine Absage für weitere Kontakte sah anders aus. Jetzt hatte er selbst, ohne von ihr gedrängt zu werden, eine Fortsetzung der Beziehung nicht ausgeschlossen. Aber wollte er das überhaupt? War da womöglich etwas in seinem Unterbewusstsein abgelaufen, das ihm zuflüsterte: Wozu eine Absage? Man kann nie wissen.

Sicher, dieser Klamauk mit Sphärenmusik und Mandelduft war lächerlich. Hoffentlich erfuhr niemand etwas davon. Aber wenn er an ihren üppigen Körper dachte, an ihre sanft streichelnden Hände …

»Möchtest du denn noch mal vorbeikommen?«

»Doch, vielleicht. Mal sehen. Ich weiß es noch nicht.«

Beinahe hätte er über sich selber gelacht.

»Lass mir noch etwas Zeit. Ich melde mich dann.«

»Hab ich dir denn gar nicht gefallen?«

»Doch, hast du. Aber ich muss noch überlegen, versteh doch.«

Sie seufzte, Sven konnte es deutlich hören. Er hatte jemanden enttäuscht, so viel war sicher. Blöd, das Ganze. Blöd, dass er sich nicht entscheiden konnte, blöd, sich überhaupt darauf eingelassen zu haben.

»Ich melde mich, ich verspreche es dir.«

»Wirst du es auch wirklich tun?«

»Wenn ich es doch sage.«

»Gut, wenn du es sagst, dann glaube ich dir.« Diese Worte hauchte sie so übertrieben in den Hörer, dass er sie kaum verstand. Dann legte sie auf.

Sven atmete tief durch und sah im nächsten Moment, dass Alex lachte. Zuerst versuchte er noch, es zu unterdrücken und hielt sich eine Hand vor den Mund. aber dann brach es aus ihm heraus. Er schüttelte sich vor Lachen.

»Was ist los?«

Sven verstand nicht, was Alex plötzlich so lustig fand. Aber Alex konnte gar nicht antworten, das Lachen hinderte ihn daran.

»Nun sag schon, was ist los?«

Sven spürte, dass er langsam sauer wurde, denn es war klar, dass Alex über ihn lachte. Aber was war plötzlich so komisch an ihm? Verdammt, warum sagte er ihm das nicht? Langsam kriegte sich Alex wieder ein.

»Hallo Süßer«, hauchte er plötzlich, »möchtest du mich mal treffen?«

Sven war wie vom Donner gerührt. Hatte Alex das Gespräch etwa mitgehört?

»Komm doch mal vorbei«, hauchte er wieder, »ich zeig dir was Schönes.«

Sven begriff plötzlich

»Hast du etwa auch …?«

Alex grinste.

»Na klar. Das Ficken war in Ordnung, aber auf die ganze Esoterikscheiße hatte ich keine Lust. Sie wollte mich wieder treffen, aber ich habe ihr gesagt …«

»Da hast du sie auf mich gebracht?«

»Klar. Du warst so deprimiert, da habe ich gedacht, ein bisschen Ablenkung könnte dir gut tun.«

Sven hob den Arm und sprang auf ihn zu, aber Alex wehrte den Schlag ab und stieß ihn zurück.

»Bist du verrückt? Was ist daran so schlimm?«

»Dass du mich verkuppelt hast, das ist schlimm. Weil ich so was nicht nötig habe, verstehst du!«

»Keiner von uns hat das nötig. Die Frau steht auf jüngere Kerle, was ist dabei? Aber sie ist keine, die es mit jedem treibt. Neben mir hatte sie keinen anderen. Aber der ganze Klimbim, den sie immer veranstaltet hat, wenn ich zu ihr kam, ging mir auf die Nerven. Ich bin nicht der Typ für so was. Da habe ich überlegt, wie ich ihr was Gutes tun kann. Und gleichzeitig auch dir. Ist das so schlimm?«

Sven ließ sich auf einen Stuhl fallen. Er wusste nicht, was er dazu sagen sollte. Eigentlich hätte er darauf kommen müssen. Einfach so eine Telefonnummer hinterlegen, wer würde so etwas schon tun? Eine normale Frau bestimmt nicht. Und wenn er Verdacht geschöpft hätte, wäre er garantiert sofort auf Alex gekommen. Alex war das zuzutrauen, wem sonst?

Alex schwieg, aber an seinem Blick merkte Sven, dass er ebenfalls unsicher war. War das nun richtig gewesen? Er schien sich dieselbe Frage zu stellen. Ein bisschen spät, fand Sven.

Dann entschied er sich, die Sache positiv zu sehen. Ja, so war Alex. Flippig, ja chaotisch war er in all seinem Handeln. Und nachzudenken über das, was er tat, war sowieso nicht seine Sache. Aber irgendwie meinte er es nicht böse, selbst da, wo er rumtrickste. Man konnte es daran erkennen, dass er meist selber das Opfer seiner Handlungen wurde. Was den Umgang mit ihm aber nicht erleichterte, denn ehe man sich versah, hatte er einen hineingerissen. Wie es Sven jetzt bei der Sache mit Berat passiert war.

Er atmete tief durch und wischte sich über die Stirn. Alex lächelte, froh darüber, dass Sven ihn nicht weiter anmeckerte.

Es war ja gar nicht so viel passiert, dachte Sven. Ein Abend bei dieser Frau, was war so schlimm daran gewesen? Gar nichts, außer dass er Karla betrogen hatte, zum ersten Mal. Ja, das war es, was am schlimmsten daran war, der Betrug an Karla. Aber dafür war er verantwortlich, nicht Alex.

Aber sagen konnte er ihm das nicht. Einen Menschen betrügen, der tot ist, geht doch gar nicht, würde Alex ihm antworten. Und für ihn selbst würde das auch gelten, aber eben nicht für Sven.

Andererseits, irgendwann wäre es sowieso passiert, selbst bei ihm wie bei jedem anderen auch.

Die Frau konnte ebenfalls nichts dazu, sie war zärtlich gewesen, sie hatte alles getan, damit der Abend schön war. Schön für ihn und ebenso für sie.

Er nickte.

»Ist in Ordnung«, sagte er dann. »Aber mach das nicht noch mal.«

Alex legte ihm eine Hand auf den Arm.

»Ich hab 's doch nur gut gemeint, ehrlich.«

Sven holte zwei kleine Flaschen Bier aus dem Kühlschrank.

»Komm, lass uns anstoßen. Ich glaub, ich hab das jetzt nötig.«

15

Es hatte tatsächlich eine Zeit gegeben, da war er sich nicht sicher gewesen, ob Karla die richtige für ihn war. Sie waren sehr viel zusammen gewesen und er hatte seine Freunde nur noch gelegentlich gesehen. Alex ein paar Mal, Fatih kaum noch, was vor allem an ihm lag, denn Fatih suchte selten den Kontakt von sich aus. Er merkte, dass er sich entfremdete von seinem Umfeld. War es die Sache Wert? Würde ihm die Beziehung all das ersetzen, was er sich vorher aufgebaut hatte? Plötzlich war er sich nicht mehr sicher gewesen und hatte angefangen, Ausreden zu erfinden, wenn Karla ihn treffen wollte. Die Uni bot sich dafür an, denn Karla kannte sich nicht aus mit einem Studium. Sie wusste nicht, was dort zu leisten war und was nicht. Gleichzeitig hatte sie Respekt davor und wollte ihn nicht aufhalten. Ja, sie fand es gut, dass er studierte.

»Wenn du so viel zu tun hast …«

Das war alles, was sie dann sagte. Sie akzeptierte seine Ausreden, viel zu schnell.

Gelegentlich kam er auch zu spät zu ihren Treffen, mal absichtlich, mal zufällig, wobei das Unterbewusstsein bestimmt eine Rolle spielte.

Er hatte nicht gemerkt, dass Karla irgendwann ärgerlich wurde. Er hatte geglaubt, dass er handeln könnte wie er wollte. Dass er es war, der die Bedingungen ihrer Beziehung bestimmte, nur er. Bis sie eines Tages wegblieb.

Sie hatten sich an der Petrikirche am Westenhellweg verabredet, wollten in ein paar Geschäften rumlaufen und danach in die Brasserie am Alten Markt gehen. Sie würden dort ein Brötchen essen und eine Cola trinken. Er bekam dort Prozente, sie nahmen beide gerne in Anspruch, wenn es etwas zu sparen gab.

Er hatte sich wieder etwas verspätet und wunderte sich beim Näherkommen, dass er Karla nicht sah. Nanu, wartete sie etwa auf der anderen Seite der Kirche, in Richtung Bahnhof? Er rannte um die Kirche herum, sie war nicht da. Na gut, dann hatte sie sich auch mal verspätet. So was konnte vorkommen. Er stellte sich so vor die Kirche, dass er die Fußgängerzone im Blick hatte. Von dort aus würde er sie schon von weitem entdecken.

Aber er entdeckte sie nicht. Verdammt, was war denn jetzt los? So was hatte sie noch nie gemacht. Er nahm sein Handy und rief an. Aber sie nahm nicht ab. Auf ihre Mailbox zu sprechen hatte er keine Lust. Gut zwanzig Minuten wartete er, wurde immer ärgerlicher und beschloss, wenn sie jetzt noch käme, seiner Wut freien Lauf zu lassen.

Aber sie kam nicht. Nach und nach begriff er, dass etwas passiert war. Aber was, das konnte er sich nicht vorstellen. Dabei wäre es so einfach gewesen. Er hätte nur sein eigenes Gefühl beim Warten auf sie übertragen müssen, dann hätte er gewusst, wie sie es empfunden hatte.

Er ging in die Brasserie, Alex war da gewesen und bediente ihn.

»Wie siehst du denn aus?«

Er hatte ihm angesehen, dass etwas passiert war, aber Sven wollte nicht darauf antworten. Er hatte brummig an einem Tisch am Fenster gesessen und auf den Alten Markt geblickt.

In den nächsten Tagen hatte er mehrfach versucht, sie anzurufen, aber sie hatte nicht abgenommen. Dann hatte er vor der Zahnarztpraxis auf sie gewartet, aber sie war ihm entwischt. Schließlich hatte er beschlossen, sich auch nicht mehr zu melden. Was er damit beabsichtigte, war ihm selber nicht klar gewesen. War es Trotz nach dem Motto: Was du kannst, das kann ich schon lange? Oder hatte er geglaubt: Dann eben nicht? Dann ist die Beziehung zu Ende.

Wahrscheinlich war es das Letztere gewesen, denn nach einigen Tagen hatte er an der Uni bewusst den Kontakt zu einer Mitstudentin gesucht. Ellen hatte langes blondes Haar, hellbraune Augen und eine schlanke Figur mit ausgeprägtem Busen. Er hatte mal eine Seminararbeit zusammen mit ihr und ihrer Freundin Hannah über Resozialisierungskonzepte straffällig gewordener Jugendlicher geschrieben. Die Zusammenarbeit war gut gewesen, sie hatten viel gelacht dabei und eine tolle Note bekommen. Auf die Idee, sich außerhalb der Seminararbeit mit ihr zu treffen, wäre er nie gekommen. Jetzt suchte er ihre Nähe, als er sie zufällig in der Mensa traf. Zusammen mit Hannah saß sie an einem Tisch am Fenster.

Er hatte unter den drei Gerichten Geflügel mit Reis gewählt und als er mit dem Tablett an ihrem Tisch vorbeikam, hatte er festgestellt, dass Ellen dieselbe Wahl getroffen hatte.

»Oh Ellen«, hatte er gesagt, »guck mal, wir haben denselben Geschmack.«

Sie hatte einen Moment gebraucht, bis sie die Anspielung verstand.

»Ja, ob das was zu bedeuten hat?«, hatte sie dann geantwortet und ihn dabei angeblinzelt.

Einen Moment lang war er noch unsicher gewesen, ob er den Weg weitergehen sollte, dann fragte er, ob ein Platz an ihrem Tisch noch frei sei.

Sie nickten beide, er setzte auf den Stuhl Ellen gegenüber. Sie sprachen über ihre Seminare, Ellen und Hannah hatten in diesem Semester andere Schwerpunkte gesetzt, so dass sie nichts gemeinsam hatten. Aber im nächsten Semester, nahmen sie sich vor, sollte das anders werden. Dann könnten sie wieder eine Arbeit gemeinsam schreiben.

Sven merkte, wie sehr Ellen sich um Freundlichkeit bemühte. Fast zu jedem seiner Sätze lächelte sie, während Hannah sich normal verhielt und hauptsächlich auf ihre Rindsroulade konzentriert war. Eine Zeitlang gefiel sich Sven darin, Eindruck auf Ellen zu machen

Ja, sie würden wieder mal zusammen arbeiten, sie würden dann sogar noch besser sein als beim ersten Mal. Klar doch, sie waren schließlich ein gutes Team gewesen.

»Das beste«, antwortete Ellen.

Hinterher wusste Sven nicht mehr, was die Wende eingeleitet hatte, jedenfalls spürte er plötzlich, wie sein Lächeln erstarb. Ellen hatte es auch bemerkt. Mit erstaunten Augen blickte sie ihn an, schließlich bemerkte es auch Hannah, die plötzlich aufhörte, ihren Nachtisch zu essen.

»Ja, dann …« Sven merkte, dass er ihnen eine Erklärung schuldig war, aber es fiel ihm keine ein. Verdammt, was war los mit ihm? Dann begriff er es. Er hatte plötzlich gespürt, dass da nichts war. Er war lustig, fast ausgelassen, aber er fühlte nichts dabei. Er sagte Dinge, die er nicht wirklich meinte. Er war verliebt, erst da wusste er es. Verliebt in Karla. Deshalb blieb jeder Flirt mit einem anderen Mädchen hohl. Nein, nicht bloß hohl sondern verlogen.

Er merkte, er musste raus aus dieser Situation, weg von diesem Tisch, weg von Ellen und Hannah.

Er hatte nicht einmal aufgesessen, als er sich erhob.

»Ich muss dann mal«, sagte er und starrte in die fassungslosen Gesichter der beiden Mädchen. Es tat ihm Leid, was er da mit ihnen veranstaltet hatte, sie konnten ja nichts dafür. Es war einzig sein Problem, das zu dieser peinlichen Situation geführt hatte. Schnell verließ er die Mensa.

Von dem Moment an wusste er, was er tun musste. Er musste zurück zu Karla. Und weil sie sich noch immer nicht am Handy meldete und ihm auswich, wenn er vor der Praxis wartete, indem sie irgendeinen Schleichweg nahm, gab es dafür nur eine Möglichkeit. Er musste zu ihrer Wohnung. Nur dort konnte er sicher sein, sie zu treffen.

Als er am Abend klingelte, hatte er tatsächlich Herzklopfen. Aber es öffnete niemand. Er klingelte ein zweites Mal. Wieder keine Reaktion. Dann trat er ein paar Schritte zurück und blickte nach oben. Ja, in der Wohnung war Licht, also war jemand zu Hause.

Er klingelte wieder und wartete. Endlich ging Licht im Flur an und er glaubte, Schritte auf der Treppe zu hören. Also kam sie doch herunter, dachte er. Dann könnte er ihr alles erklären und es würde gut werden. Ja, das wünschte er sich. Innig wünschte er sich das.

Aber es war der Opa, der die Tür öffnete. Sven konnte seine Enttäuschung nicht verbergen, der Opa merkte es.

»Ja, Junge, ich bin es nur«, sagte er und stellte sich breit in den Türrahmen, so dass er nicht an ihm vorbei nach oben rennen konnte.

Gerade eben war Sven noch klar gewesen, was er ihr sagen wollte, dass er sich entschuldigen und sie bitten wollte, ihm eine zweite Chance zu geben, aber jetzt konnte er nur ein hilfloses »Hallo« stammeln.

»Hallo«, antwortete er Opa und schwieg ebenfalls.

Hinterher wusste Sven nicht mehr, wie lange sie so voreinander gestanden und geschwiegen hatten, vielleicht waren es Minuten gewesen, vielleicht nur ein paar Sekunden, aber es war ihm unendlich lange vorgekommen.

»Junge, es tut mir Leid«, sagte der Opa schließlich, »sie möchte dich nicht mehr treffen. Sie glaubt, dass du sie nicht liebst und deshalb wäre es vorbei.«

Sven war wie vom Donner gerührt. Tatsächlich, sie hatte gespürt, was in ihm vorgegangen war und irgendwann still ihre Konsequenzen gezogen.

»Aber das stimmt nicht, ich liebe sie noch!« Sven hatte seine Antwort laut gerufen, so dass sich ein Passant, der gerade vorbeiging, nach ihnen umdrehte.

»Das stimmt nicht, du solltest ehrlich sein«, antwortete der Opa.

Sven war verwirrt. Woher wusste der Opa das? Langsam wurde es ihm klar. Sie hatte mit ihm darüber gesprochen, sie hatte ihm erzählt, wie Sven sich verhalten hatte. Womöglich war es sogar der Opa gewesen, der ihr zum Ende der Beziehung geraten hatte.

»Ja, es stimmt«, sagte Sven. »Ich habe mich blöde verhalten. Ich war mir nicht sicher …« Er nickte und dann erzählte er dem Opa, wie er sich verhalten hatte und zum Schluss auch, was in der Uni-Mensa passiert war. Der Opa antwortete nichts, er nickte auch nicht, sondern hörte nur stumm zu, bis Sven seine Geschichte zu Ende erzählt hatte.

»Junge«, sagte er dann, »du bist der Richtige für sie, ich weiß das. Ich habe das schon gewusst, als ich dich zum ersten Mal gesehen habe. Warte hier, ich spreche mit ihr.«

Dann verschwand er im Haus, das Flurlicht erlosch und Sven stand im Dunkeln auf dem Bürgersteig. Eine Frau mit Dackel an der Leine kam vorbei, danach zwei Jugendliche, die sich irgendwelche Witzchen erzählten und laut lachten. Schließlich öffnete Karla die Tür und trat zu ihm auf den Bürgersteig. Befangen stand er vor ihr. Sie half ihm nicht, seine Befangenheit zu überwinden, sie wartete.

»Du hast ja Recht«, sagte er schließlich, »ich habe mich doof verhalten.« Dann erzählte er auch ihr, wie er gemerkt hatte, dass er sie liebte, die ganze Hilflosigkeit der Situation in der Mensa schilderte er und merkte plötzlich, dass sie begann zu schmunzeln. Ein Glücksgefühl durchströmte ihn. Dann nahm sie ihn in den Arm und küsste ihn.

»Komm rauf«, sagte sie, »Opa bereitet dir schon ein Abendessen. Er will auch, dass du rauf kommst.«

An diesem Abend wollte sie noch nicht wieder mit ihm schlafen.

16

Ja, der Opa war immer gut zu ihm gewesen, es wäre ungerecht, wenn Sven ihn vergessen würde. Von allen älteren Leuten, die er kannte, war der Opa der menschlichste. Und das, obwohl es das Leben nicht gut mit ihm gemeint hatte.

Als er sich wieder mal am Bahnhof rum trieb und an einem Asiaverkauf eine Frühlingsrolle aß, beschloss er, ihn zu besuchen. Er verließ den Bahnhof durch den Nordausgang, lief hinüber Richtung Mallinckrodtstraße und stand kurz darauf in der Seitenstraße vor dem Haus. Erst hier, als er den Namen auf dem Klingelschild las, merkte er, warum er seit Karlas Beerdigung nicht mehr hergekommen war. Deutlich spürte er die Angst, ihr Zimmer wieder zu sehen. Hatte der Opa es verändert oder war es so geblieben wie vorher?

Wenn er etwas verändert hatte, würde es auf ihn wie ein weiterer Abschied von Karla wirken. Dann würde die Erinnerung an sie eine Stufe tiefer sinken. Wenn er aber alles so gelassen hatte, würde die Trauer ihn erneut erfassen, mit voller Wucht. Und er wusste nicht, ob er das noch einmal wollte.

Der Türöffner summte. Sven trat in den Flur, er ahnte, dass der Opa jetzt oben auf dem Treppenabsatz stand und auf denjenigen wartete, der zu ihm wollte.

»Opa, ich bin es!«, rief er. »Kannst du nicht runterkommen?«

»Warte Junge, ich komme.«

Sven atmete auf. Der Opa hatte es ihm wieder mal leicht gemacht. Er hatte nicht gefragt, warum er nicht rauf kommen wollte. Kurz drauf stand er vor ihm.

Es war ein warmer Tag, er trug nur ein kurzärmeliges Hemd, Sven hatte ein weißes T-Shirt an. Der Opa war wieder rasiert, anders als bei ihrer Begegnung auf dem Alten Markt, Sven wertete es als gutes Zeichen. Der Opa ließ sich nicht gehen, auf den ersten Blick wirkte er wie früher.

»Komm, lass uns irgendwohin gehen, wo wir den schönen Tag genießen können«, sagte Sven.

Der Opa nickte. »Weißt du, wohin ich gerne mal gehen möchte?«

Sven schüttelte den Kopf.

»Zum Phönixsee. Dorthin, wo ich früher gearbeitet habe.«

Wie das klang. Der Opa wollte zu einem See, weil er dort gearbeitet hatte. Dabei war er kein Seemann gewesen, sondern Stahlwerker. Aber Sven kannte die Hintergründe.

»Aber wie sollen wir dahin? Ich hab doch kein Auto.«

»Lass uns mit dem Taxi fahren.«

Der Opa wartete Svens Antwort gar nicht ab, sondern ging voraus zum Nordmarktpark, wo immer ein Taxi vorbei kam. Sven folgte ihm.

Gut zwanzig Minuten später standen sie am See. Etwas mehr als zwanzig Euro hatte der Opa für die Fahrt bezahlt, Sven hätte sich das nie leisten können.

Sie standen an einer Aussichtsplattform oberhalb des Sees, ganz in der Nähe der Straße, an der das Taxi gehalten hatte. Sven war zuletzt hier gewesen, als noch Bagger das Bett des Sees ausgehoben und Lastwagen die Erde weggefahren hatten. Er war nicht mit Karla, sondern mit Fatih hier gewesen, der eines Tages gesagt hatte: »Komm, ich will mir mal anschauen, was da entsteht.«

Fatih hatte ein Auto. An einem windigen Herbsttag waren sie hierher gefahren und hatten versucht, sich vorzustellen, was da entstehen sollte. So ganz hatte das nicht geklappt.

Wie sollte aus diesem Lehmloch jemals ein idyllischer See entstehen, hatten sie sich gefragt. Was sollte Leute herlocken, um hier spazieren zu gehen?

Nun lag er tatsächlich vor ihnen, dieser See, an zwei Seiten umgeben von einem breiten Uferstreifen und neu entstandenen Häusern am Kopfende. Wohnhäuser, aber auch Gastronomie war dort entstanden. Die Wellen glitzerten im Sonnenlicht, ein Weg, an dessen Rand Büsche standen, führte rund um den See. Tatsächlich gab es Spaziergänger, die einzeln oder in Gruppen den See umrundeten. Auf dem Uferstreifen hatten sich Leute hingelegt, in normaler Straßenkleidung, einige auch in Badezeug.

Eine Zeitlang standen sie stumm nebeneinander und ließen den Eindruck auf sich wirken. Tatsächlich, das war eine Idylle geworden, und noch dazu mitten in der Großstadt.

»Kaum zu glauben, dass da mal unsere Hütte stand«, sagte er Opa, ohne den Blick vom See zu wenden. »Da unten habe ich mal gearbeitet, Junge. Nichts mehr ist davon übrig geblieben.«

Sven achtete genau auf den Tonfall, in dem der Opa das sagte. Es war eine Mischung aus Erstaunen, Bewunderung und Melancholie. Wobei ihm die Melancholie den größten Anteil daran zu haben schien, glaubte Sven.

»Versunken ist meine Welt«, sagte der Opa denn auch, »im wahrsten Sinne des Wortes untergegangen.«

Sven nickte. »Sollen wir um den See rum gehen?«

»Klar«, antwortete der Opa, »jetzt, wo wir schon mal hier sind.«

Sie liefen über den Rundweg, kamen manchmal ganz nahe ans Wasser, dann führte der Weg ein paar Meter davon entfernt durch eine Grünanlage. Vom See her kam eine frische Brise, die ihnen gut tat.

Sven merkte, dass dem Opa viele Erinnerungen kamen. Er schwieg, um ihn nicht zu stören. Sollte er ruhig seinen Gedanken nachhängen, sicher war das von Anfang an seine

Absicht gewesen. Irgendwann wollte der Opa, dass sie sich auf eine Bank setzten.

»Komisch, dass das alles weg ist«, sagte der Opa. »Weißt du, das waren eigentlich zwei Stahlwerke, das Hochofenwerk und die Eisenhütte. Mit einer Eisenbahn waren die beiden verbunden. Ich war beim Hochofen, immer vorne an der Front, direkt beim Abstich.«

Stolz schwang in seiner Stimme mit.

»Irgendwann wollten wir mal mehr Geld haben. Dreißig Pfennig mehr pro Stunde, das war doch nicht viel. Die Firma hatte gut verdient in jenen Jahren, Dortmunder Stahl war in der Welt gefragt. Aber sie wollten uns nichts geben, sondern den Profit selber einstreichen. Da war aber was los in der Bude. Eh die sich versahen, standen wir alle draußen auf der Wiese. Nix mehr mit Arbeit, sollten die ihren Abstich doch selber machen.«

Der Opa lachte.

»Da haben die vielleicht dumm geguckt, denn damit hatten sie nicht gerechnet. Wir waren damals gut organisiert, alle waren in der Gewerkschaft. Deshalb fluppte das so gut. Nach zwei Tagen Streik haben sie aufgegeben und uns die dreißig Pfennig gegeben.«

Er schwieg und blickte versonnen vor sich hin. Jetzt sieht er wieder die Leute in Arbeitsklamotten auf der Wiese stehen, dachte Sven. Klar, das war ein Erfolg gewesen in seinem Leben. Einer der wenigen. Viel mehr als Siege zu erringen aber hatte er Niederlagen wegstecken müssen.

»So was gäbe es heute nicht mehr, Opa«, antwortete Sven.

Der Opa nickte.

»Ich weiß. Aber warum eigentlich, das verstehe ich nicht. Heute stecken die sich doch noch rücksichtsloser den Profit in die Tasche und speisen Leute wie uns mit Trinkgeld ab. Es ist doch nicht besser geworden, im Gegenteil, alles ist viel brutaler. Kannst du mir das erklären?«

Sven schüttelte den Kopf.

»Ich weiß es auch nicht. Vielleicht, weil die euch heute auf der Wiese stehen lassen und den Stahl im Ausland produzieren würden. Weil so was wie Streik sie nicht mehr schreckt. Das sind die Kämpfe aus alter Zeit.«

»Kann sein.« Es klang nicht so, als wäre der Opa wirklich überzeugt, aber er wusste auch kein Gegenargument. Ganz unvermittelt wechselte er das Thema.

»Weißt du, was ein Vater gemacht hat, der bei dieser dämlichen Loveparade seinen Sohn verloren hat?«

Er blickte ihn an, Sven war völlig überrascht von dieser Wende in ihrem Gespräch. Er zögerte mit einer Antwort. Nein, nicht dieses Thema, dachte er. Ich weiß doch gar nicht, ob ich es durchhalte. Und du doch auch nicht. Aber der Opa blieb dabei.

»Der hat sich im Keller einen Raum eingerichtet mit schwarzen Tapeten an den Wänden«, erzählte er. »Darauf hat er Sterne gemalt und Sonnen. Wie im Weltraum sieht es in diesem Kellerraum aus. Dahin geht er jetzt jeden Abend und stellt sich vor, in einem Raumschiff zu sitzen und durchs All zu fliegen. Und wenn er da so fliegt, denkt er, ist er seinem Sohn nahe. Weißt du, wenn man schneller ist als das Licht, kann man sich selber einholen. Dann trifft man sich als der, der man vor dreißig oder vierzig Jahren war. Und das glaubt dieser Vater. Er fliegt durchs All und holt seinen Sohn ein. Und wenn er ihn getroffen hat, spricht er mit ihm. Dann sind die beiden vereint und alles ist wie früher.«

Die letzten Worte sprach der Opa nur mit Mühe aus, immer brüchiger wurde seine Stimme, dann brach er ab. Sven sah ihn kurz von der Seite an und bemerkte die Tränen in seinen Augen.

Er konnte nicht antworten, seine Stimme versagte ebenfalls. Und wenn er es versuchen sollte, das wusste er, kämen ihm ebenfalls die Tränen. Schweigend saßen sie nebeneinander und starrten auf den See, dessen Wellen sich im

Licht der Sonne immer neu entflammten, um dann wieder zu erlöschen.

Ach Karla, dachte er, wenn das doch ginge. Wenn es ein Raumschiff gäbe, das mich zu dir bringen könnte. Ich würde kommen. Und den Opa würde ich mitbringen, das würde dir gefallen. Und plötzlich spürte er, dass diese Geschichte ihn nicht nur bedrückte, sondern auch tröstete. Karla ist nicht auf ewig verschwunden, sagte sie ihm, sie ist nur weit weg. Ganz weit weg.

Er stimmte sich selber zu und überlegte einen Moment lang, ob er seinen Gedanken dem Opa nennen sollte, aber dann begriff er, dass der Opa ihn längst hatte. Genau deshalb hatte er ihm die Geschichte erzählt, damit Sven ebenfalls Trost darin fand.

Deshalb also die Fahrt hierher, dachte Sven. Nur an diesem Ort, an dem sich seine Vergangenheit festmachte, war er in der Lage, ihm diese Geschichte zu erzählen. Sven griff nach seiner Hand und drückte sie.

Noch eine ganze Zeitlang saßen sie still auf der Bank, dann wollte der Opa weiter.

»Sag mal, Opa«, fragte Sven, »kannst du mir Geld leihen?«

»Klar, mein Junge. Wie viel willst du denn?«

»Zweitausend Euro.«

Der Opa nickte ohne Zögern.

»Zweitausend sind drin.«

Er sagte das ohne zu fragen, wofür Sven das Geld haben wollte.

17

Berat grinste, als er Sven auf das Café zukommen sah. Er saß an einem Tisch am Fenster, so dass er gut von außen zu erkennen war, und Sven hatte sofort die Vermutung, dass er es war. Die Beschreibung, die Alex ihm gegeben hatte, war zwar nicht besonders genau gewesen, aber was er davon verstanden hatte, passte zu dem Mann am Fenster. Ein gedrungener Typ mit breitem Oberkörper, einem Oberlippenbart und fettig glänzenden, gescheitelten Haaren von etwa Mitte zwanzig. Klischee, hatte Sven gedacht, als Alex ihm den Typ beschrieb, ohne zu fragen, warum er das wissen wollte. Aber das war das Merkwürdige an solchen Klischees, sie stimmten manchmal. Als würde die Person, auf die es zutraf, sich Mühe geben, sie auch wirklich zu erfüllen.

Sven ging ein wenig langsamer, um den Typen genauer zu beobachten. Hatte das Grinsen wirklich ihm gegolten? Dann müsste Berat wissen, wer er war. Oder grinste der jeden frech an, der in sein Reich vordrang? Nein, das Abschätzige in seinem Blick verriet, dass es ihm galt. Hier wollte jemand von vornherein, noch bevor es zur Begegnung kam, die Verhältnisse klar stellen. Hier bin ich der Chef, richte dich danach, wenn du was von mir willst.

Komisch, dachte Sven. Wenn Berat ihn kannte, konnte das nur mit Alex zusammen hängen. Dann wusste er, dass Sven und Alex befreundet waren. Aber wenn das so war, warum waren dann er und seine Leute nicht bei ihm zu Hause aufgetaucht? Sie haben Alex doch gesucht, wieso sind sie dann nicht auf die Idee gekommen, dass Alex bei ihm untergekrochen sein könnte? Zumindest hätten sie seine Wohnung überprüfen müssen.

Oder hatten sie es getan? Waren sie in seiner Nähe gewesen, hatten kontrolliert, aber Alex nicht entdeckt? Dann hätte sich ihr Versteckspiel gelohnt, denn Alex war bei jedem Verlassen der Wohnung vorsichtig gewesen und hatte erst mal vom Fenster aus das Umfeld kontrolliert.

Oder Berat nahm das mit den zweitausend Euro gar nicht so wichtig. Gut, haben wollte er sie, aber letztlich war es für ihn doch nur ein Kleckerbetrag.

Na, auch egal, dachte Sven. Jetzt kam es sowieso auf was ganz anderes an. Entschlossen ging er auf das Café zu und verzog sein Gesicht ebenfalls zu einem breiten Grinsen. Das wollen wir doch mal sehen!

Er zog die Tür auf und ging direkt auf den Tisch zu, an dem Berat saß. Zwei Typen an der Theke, schwarz gekleidet mit knappem T-Shirt und Tattoos auf den Unterarmen, erhoben sich und wollten rüberkommen, aber Berat schüttelte den Kopf. Zögernd setzten sie sich wieder, behielten Sven aber im Auge.

Berat sagte nichts, sein Grinsen war nur breiter geworden. Sven setzte sich auf einen freien Stuhl an seinem Tisch und grinste ebenfalls.

Blöd musste das für Passanten aussehen, die über die Brückstraße liefen und zu ihnen herübersahen, dachte er. Zwei Bodys, die an einem Tisch am Fenster saßen und nichts anderes taten als sich anzugrinsen. Er musste aufpassen, dass aus seinem Grinsen kein Lachen wurde. Dabei war die Situation, das spürte er, durchaus angespannt. Ein Wink von Berat, ein Kopfnicken und die Typen von der Theke würden rüberkommen. Und sie sahen nicht so aus, als würden sie sich von freundlichen Reden oder gar von Argumenten beeindrucken lasse. Nein, die beiden kannten nur eine Sprache.

»Was willst du?«, fragte Berat.

Jetzt war endgültig klar, dass er Sven kannte, denn sonst hätte er erst mal nach ihm erkundigt. Das Grinsen, merkte Sven, sollte Überheblichkeit demonstrieren, aber es wirkte aufgesetzt. Ein richtiger Profi hätte diese Schau nicht nötig. Es war ein Gedanke, der Sven gefiel, denn er stärkte sein Selbstbewusstsein. Cool bleiben, dachte er, wenn ich cool bleibe und keine Fehler begehe, gibt es eine Chance, meinen Plan umzusetzen.

»Was ich will, weißt du genau.«

»So, weiß ich das.«

Das Grinsen verschwand, sein Gesicht bekam einen lauernden, ja aggressiven Ausdruck.

Sven nickte nur. Komm raus mit deiner Forderung, dachte er. Es ist besser, du nennst sie, als dass ich damit anfange. Es ist wie pokern, lass uns mal gucken, ob du das kannst.

»Und woher soll ich das wissen?«

»Tu nicht so.«

Gute Antwort, dachte Sven. Jetzt habe ich ihn erst mal in die Ecke gedrängt, jetzt muss er Farbe bekennen.

»Du willst mir ein Angebot unterbreiten, stimmt 's?«

Berat versuchte es wieder mit seinem dämlichen Grinsen. Mein Gott, wie hatte Alex sich nur auf so einen Blödmann einlassen können? Aber darauf gab es nur die Antwort, die es immer bei Alex gab. Er hatte wieder nur an den Moment gedacht, einzig an das Jetzt, nicht an die Folgen für morgen oder übermorgen.

Soll ich jetzt mit vielleicht antworten, überlegte Sven und das Spielchen fortsetzen? Nein, entschloss er sich, es war ein doofes Gespräch. Besser er beendete es so schnell wie möglich.

»Ja, ein Angebot«, antwortete er deshalb.

»Du willst mir also das Geld bringen, das Alex mir schuldet.«

Sven nickte.

»So ungefähr.«

»So ungefähr, was soll das heißen?«

»Dass Alex seine Schulden bei dir begleicht. Wir müssen uns nur vorher auf die Summe einigen.«

»Auf die Summe einigen? Die steht fest. Schon seit drei Wochen.«

»Ich weiß, zweitausend Euro. Und siehst du, darin besteht jetzt mein Angebot. Entweder du wartest weiter auf deine zweitausend, oder wir einigen auf eine Summe, die Alex dir geben kann. Eine, die dir dann sicher ist. Entweder nichts oder wenigstens etwas heißt das.«

Berat war verblüfft. Mit großen Augen schaute er ihn an.

»Ey, so was hat mir noch niemand gesagt. Mit Berat kann man nicht handeln, kapierst du. Entweder ich kriege das ganze Geld oder Alex geht es schlecht. Verdammt schlecht sogar. Denn ich kriege ihn, darauf kannst du Gift nehmen.« Er grinste wieder. »Und ich glaube sogar, ich weiß jetzt, wo er sich aufhält.«

Sven spürte, wie er zusammenzuckte. Ja, das war das Risiko, das er eingehen musste, um die Sache endlich zu lösen. Für Alex zu lösen, damit er endlich sein Versteckspiel aufgeben konnte. Aber auch für sich selber, damit er seine Wohnung wieder für sich allein hatte. Er hatte schon vorher daran gedacht, aber trotzdem beschlossen, seinen Plan durchzuziehen.

Berats grinste wieder. Alex spürte die Lust, ihm in die Fresse zu schlagen und abzuhauen, aber das würde alles nur schlimmer machen. Dann könnte Alex überhaupt nicht mehr aus der Wohnung, weil Berat sicher seine Spürhunde schicken würde. Oder sie müssten ihm ein neues Versteck suchen, aber wo sollte das sein? Bei Fatih etwa, der gerade an seiner Examensarbeit schrieb? Das war nicht zumutbar, schließlich hatte Sven bei seiner Aktion selber den Hintergedanken, seine Wohnung frei zu haben, falls er sein Studium fortsetzen sollte. Dazu musste er aber erst mal zu sich selber finden. Nur, wie sollte das gehen, wenn dauernd jemand in seiner Wohnung war, der ihn am Nachdenken hinderte? Nein, er durfte seiner Wut nicht freien Lauf lassen, er musste das hier klären und zwar endgültig.

Die Bedienung kam, ein Mädchen mit tief schwarzen Haaren und hellgelbem Minirock, höchstens zwanzig Jahre alt, aber Sven winkte ab.

»Ich will hier nichts trinken. Ich bin gleich wieder weg.«

Das Mädchen blickte Berat fragend an. Als er nickte, ging sie zurück zur Theke.

Plötzlich fiel Sven eine Geschichte ein.

»Sag mal, hast du von der Sache in Brackel gehört?«, fragte er.

Berats Grinsen verschwand schlagartig, erstaunt blickte er ihn an. Fast hätte Sven lachen müssen, so schnell hatte sich die Wandlung vollzogen. Der Kerl ließ sich wirklich leicht verblüffen.

»Ne, was denn für eine Sache?«

»Da hat ein Typ zweimal dasselbe Café überfallen und die Kasse leer geräumt.«

»Und warum sollte ich das wissen? Glaubst du, ich hätte damit zu tun?«

»Nein, das meine ich nicht. Denn wenn du damit zu tun hättest, würdest du jetzt anders vor mir sitzen.«

Wieder war ihm die Verblüffung anzusehen.

»Und wie würde ich dann hier sitzen?«

»Pass auf. Der Besitzer hat geahnt, wer der Täter war, obwohl der bei seinen Überfällen eine Mütze mit Augenschlitzen über den Kopf gezogen hatte. Dazu hatte er sich extra Klamotten besorgt, die er sonst nie trug. Und ein Alibi hatte er auch, denn ein Freund hat Stein auf Bein geschworen, dass er zu den Tatzeiten bei ihm war.«

Jetzt grinste Berat wieder. »Cleveres Kerlchen.«

»Nicht ganz«, antwortete Sven, »denn der Cafébesitzer

war noch cleverer. Als er merkte, dass er dem Typen nicht beikam, hat er sich eine Lösung überlegt.«

»Und was war das für eine?«

»Er kennt einen Marokkaner, den hat er zu ihm geschickt. Und der hat dem Typen ein Bein gebrochen, einfach so, ohne groß zu fragen, ob er der Täter war oder nicht. Natürlich hatte der Marokkaner auch ein Alibi, als er später zu der Tat befragt wurde, versteht sich. Und stell dir mal vor, seitdem haben die Überfälle aufgehört, ganz plötzlich.«

Jetzt grinste Sven, während Berat ihn fragend ansah.

»Ey Mann, was ist das für eine blöde Geschichte? Warum erzählst du mir die?«

Sven ließ sich Zeit mit seiner Antwort, ein, zwei Sekunden lang.

»Weil ich den Marokkaner kenne«, sagte er dann. »Gut kenne. Und glaub mir, der Typ ist fit. Den würden auch deine Wachhunde da drüben nicht schrecken. Über solche Halbstarken lacht der nur.«

Sven zog ein entschlossenes Gesicht, Berat sollte glauben, dass er es ernst meinte. Tatsächlich blickte Berat unsicher zu seinen beiden Bodys hinüber, als könnte er abschätzen, ob sie ihm gegen den Marokkaner helfen könnten oder nicht.

Die Geschichte zeigte also Wirkung, dabei hatte Sven einen Teil davon erfunden. Von so einer ähnlichen Geschichte hatte er gehört, aber ob es ein Marokkaner gewesen war, den der Cafébesitzer los geschickt hatte oder nicht, wusste er nicht. Er hatte nur gemeint, dass Marokkaner gut klingen würde und dass Berat als Türke vor so einem Angst haben könnte. Ob er dem Täter ein Bein gebrochen oder nur damit gedroht hatte, wusste Sven auch nicht. Aber für die Geschichte war das gebrochene Bein besser, denn Berat, so vermutete er, war eitel. An seinen schönen Beinchen wollte er bestimmt keinen Schaden erleiden.

Berat blickte ihn wieder an, Sven sah, wie es in ihm arbeitete. Abwarten, dachte er. Jetzt nicht zu früh etwas sagen, sondern Berat kommen lassen.

Berat rang sichtbar mit sich. Sein Blick wurde unruhig, es fiel ihm sichtbar schwer, Sven zu fixieren.

Nun komm schon, dachte Sven, und mach dein Angebot. Gleichzeitig spürte er eine tiefe Freude. Ja, die Idee war richtig gewesen. Jetzt gab es endlich eine Chance, die Situation zu klären.

Berat atmete tief durch.

»Gut, 1500 Euro. Und das nur, weil dieser Alex mir Leid tut. Es dauert doch nicht lange, dann steckt der wieder in der Scheiße. So einer wie der steckt doch immer drin.«

Jetzt war es Sven, der verblüfft war. Berats Einschätzung von Alex stimmte, Sven sah es nicht anders. Die Kehrseite seines flippigen Wesens war aber, dass man ihn immer ansprechen konnte, wenn man selber Probleme hatte. Alex hatte Verständnis, wahrscheinlich, weil er die meisten Situationen irgendwann mal selbst erlebt hatte.

»1500 Euro ist zu viel«, sagte Sven.

Die ganze Zeit hatten sie bisher gepokert und Sven hatte Berat dabei ein paar Mal verunsichern können. Warum sollte er also nicht weiter pokern?

»Hör mal, das sind 500 Euro, auf die ich verzichte. Das ist eine Menge Geld. Glaubst du, ich hab noch mehr zu verschenken?«

Sven nickte.

»Ja, hast du. Denn wenn du nicht auf mehr verzichtest, kriegst du gar nichts. Das hast du vergessen.«

»Und wie viel sollte ich deiner Meinung nach kriegen?«

Tausend, wollte Sven im ersten Moment sagen, unterdrückte es aber im letzten Moment. Tausend, das wäre der Kompromiss, auf den er sich mit ihm einigen wollte, also musste er darunter bleiben. Er musste Berat die Chance geben, auch einen kleinen Triumph zu haben. Gleichzeitig merkte er an dieser Feilscherei und vor allem daran, wie leicht sie ihm fiel, dass Berat wirklich kein Profi war. Mit einem richtigen Gangster wäre das auf keinen Fall gegangen. Wer weiß, wie er da jetzt aussehen würde.

»Achthundert.«

Tatsächlich einigten sie sich auf tausend Euro. An Berats zufriedenem Grinsen merkte Sven, dass er das Spiel bis zum Schluss nicht durchschaut hatte. Er stand auf.

»Alex bringt dir übermorgen das Geld. Ich denke, er wird dich hier treffen.«

Berat nickte.

»Und lass das mit irgendwelchen Tricks, wenn Alex vor dir steht, hast du gehört? Du weißt ja, was sonst passiert.«

Es blitzte in Berats Augen, bedrohen lassen wollte er sich denn doch nicht. Offensichtlich hatte Sven jetzt eine Grenze überschritten. Besser, er sagte nichts weiter.

»Also dann …« Er drehte sich um und ging, achtete aber auf die Geräusche hinter ihm. Nein, es folgte ihm keiner.

18

Irgendwann hatten sie angefangen, andere Städte zu besuchen. Karla hatte das so gewollt.

»Ich will mal raus, verstehst du das? Alles ist so eng, die Wohnung bei meinem Opa, die Zahnarztpraxis. Wer weiß, wie viel Gelegenheiten mir dazu bleiben.«

Ja, das hatte sie gesagt. Wer weiß, wie viele Gelegenheiten ... Als hätte sie etwas geahnt, als hätte sie für möglich gehalten, was dann tatsächlich kam. Immer wieder hatte er später an diesen Satz denken müssen. Gut, dass sie es getan hatten, hatte er dann gedacht. Aber es lag trotzdem kein wirklicher Trost darin. Zu wenig hatte sie gesehen, zu schnell war alles vorbei gewesen.

Meistens blieb ihnen nur am Wochenende Zeit dafür, manchmal auch am Mittwochnachmittag, wenn die Zahnarztpraxis geschlossen und er keinen Termin an der Uni hatte.

Sie waren nach Münster gefahren und Karla hatte die mittelalterliche Häuserfront des Prinzipalmarktes genossen. Sie war auch gern durch die Geschäfte gelaufen, einfach so, um zu gucken und er war ihr manchmal gefolgt und hatte manchmal draußen vor dem Eingang auf sie gewartet. Er hatte ihr die Gitterkäfige an der Lambertikirche gezeigt und sie hatten einen Passanten gefragt, was sie bedeuteten. Der hatte ihnen die Geschichte von den Wiedertäufern erzählt, die der Bischof hatte hinrichten lassen und deren Knochen dort oben als Warnung an alle, nie wieder etwas gegen die Kirche zu unternehmen, aufgehängt wurden. Karla war bleich geworden, so brutal war ihr die Geschichte vorgekommen.

Sie waren nach Bremen gefahren, dabei hatte ihre Handballfreundin Lisa sie begleitet. Lisa war ein anderer Typ als Karla, sie war deutlich größer und kräftiger, der geborene Rückraumspieler. Sie hatten das Rathaus und den Roland davor gesehen und waren durch ein Viertel mit verwinkelten Gässchen und vielen kleinen Geschäften gelaufen. Sven hatte sich in ein Café gesetzt und eine Cola getrunken, während die Mädchen mit Begeisterung durch die Geschäfte gezogen waren. Lisa hatte dabei einiges gekauft, Karla nur eine Kleinigkeit, die Sven vergessen hatte. Karla war immer sparsam mit ihrem Geld umgegangen.

Einmal hatten sie auch Getränke, Brötchen und Decken in einen Rucksack gepackt und waren mit den Zug ins Sauerland gefahren. Sie waren tatsächlich von einem kleinen, ihnen unbekannten Bahnhof aus gewandert und nach ein paar Kilometern an eine Talsperre gestoßen. Auf einer Wiese am Wasser hatten sie gegessen und sich auf ihren Decken gesonnt. Außer ihnen hatte das noch eine Familie mit zwei kleinen Kindern gemacht, sonst niemand. Sven wäre auch nie auf die Idee gekommen, so etwas zu unternehmen. Er kannte auch keinen anderen, der so etwas machte. Das war nur mit Karla möglich gewesen. Alex hätte er es gar nicht erzählen dürfen, der hätte sich den Bauch gehalten vor Lachen.

»Und deine Oma, ist die auch dabei gewesen?«, hätte er gefragt. Wandern, das war etwas für alte Leute, aber doch nicht für Leute wie Alex oder ihn, hätte er ihm erklärt.

Aber Karla sah das anders. Ja, Karla. Seit dem Unglück hatte er Dortmund nicht mehr verlassen. Sein Lebenskreis war eng geworden, Karla würde nicht wollen, dass es so war.

Er sollte mal wieder den Kontakt zu Fatih suchen, dachte er. Mit ihm hätte er wieder eine Anbindung an die Uni.

Je länger er dort weg blieb, desto mehr hatte er das Gefühl, dass er über den Weg zur Uni den Stau in seinem Leben auflösen könnte.

Eines Samstags waren sie auch nach Köln gefahren. Karla hatte das vorgeschlagen, wie meistens. Natürlich hatte sie wieder durch die Geschäfte in der Fußgängerzone rennen wollen und Sven hatte sich schon gefragt, warum sie dann nicht gleich zum Westenhellweg gegangen waren. Bekleidungsgeschäfte wie in Köln gab es da auch. Aber dann hatte sie zum Dom gewollt. Zuerst hatten sie ihn von außen besichtigt, dann waren sie hinein gegangen. Sven war erst einmal vorher dort gewesen, mit seiner Schulklasse bei einem Ausflug. So riesig hatte er das Kirchenschiff nicht in Erinnerung gehabt. Einen Moment waren sie mitten in der Kirche stehen geblieben und hatten den Eindruck auf sich wirken lassen. Dann hatten sie staunend vor dem Dreikönigsschrein gestanden, in dem die Gebeine der heiligen drei Könige ruhen sollten. Sven glaubte nicht daran, das war auch nur so eine Behauptung der Kirche, durch nichts bewiesen, aber die feinen Goldschmiedearbeiten hatten ihn trotzdem beeindruckt. Was für ein Prunk!

Er hatte den Dom schon wieder verlassen wollen, da hatte Karla ihn plötzlich in eine Kirchenbank gezogen. Verwundert war Sven ihr gefolgt. Karla hatte sich aber nicht in die Bank gesetzt, sondern sie hatte sich auf die Bank zu ihren Füßen gekniet und verlangt, dass er das auch machte. Er hatte sich erst mal umgeschaut, ob sie auch niemand beobachtete, so ungewohnt war das für ihn.

»Los, falte die Hände«, hatte sie ihn gedrängt.

Und dann hatte sie tatsächlich angefangen zu beten. Ganz leise, so dass nur er es hören konnte. Sie hatte für das Glück gedankt, dass sie in ihrem Leben gehabt hatte, für den Opa, den Gott ihr gelassen hatte, und Sven war gerührt gewesen von ihrer Einstellung. Sie hatte doch Pech gehabt, sie hatte keine Familie gehabt, keine richtige jedenfalls, und trotzdem sah sie das, was ihr geblieben war, als Geschenk an und dankte dafür.

»Und dann danke ich dir auch, dass du mir Sven gegeben hast. Lass uns zusammen bleiben, lieber Gott, so lange ich lebe, darum bitte ich dich.«

Wenn er an diesen Teil ihres Gebetes dachte, musste er sich zusammen nehmen, um nicht von Gefühlen übermannt zu werden. Aber warum, dachte er dann, warum musste er das? Karla hatte sie doch auch gezeigt, und sie hatte sich ihrer Gefühle nicht geschämt.

Anschließend waren sie lange ganz still gewesen. Zuerst in der Kirchenbank, wo sie mit Blick auf den Altar noch eine Zeitlang gesessen hatten, dann aber auch auf dem kurzen Weg zum Bahnhof. Karla hatte geschwiegen und Sven hatte es auch getan. Er wusste, dass sie nicht geschwiegen hatte, weil sie sich ihres Gebetes schämte. Nein, das tat sie nicht, so viel wusste er von ihr. Sie hatte seinetwegen geschwiegen, denn sie hatte nicht gewusst, wie er es verarbeitete. Hatte sie ihn zu etwas gedrängt, das er nicht wollte? Ja, er war sicher, dass dies der Grund für ihr Schweigen war.

Deshalb hatte er seinen Arm um sie gelegt und sie an sich gezogen. Und sie hatte sich nicht dagegen gewehrt, sondern an ihn geschmiegt.

Natürlich war Karla auch ein ganz normales Mädchen gewesen und machte gerne das, was alle Mädchen in ihrem Alter machte. Er tanzte nicht so gerne, aber sie wollte samstags gerne in die Disko und tanzte ausgelassen den ganzen Abend lang. Ja, das war sie auch, ein Mädchen im Diskofieber, dem man nicht ansah, an was sie sonst Freude hatte.

Sven blieb manchmal vor der Tanzfläche stehen und beobachtete sie beim Tanzen, wie sie mit dem ganzen Körper den Rhythmus aufnahm, wie Beine, Arme und Oberkörper eins wurden mit der Musik. Er dagegen war eher steif auf der Tanzfläche, war einer, der sich nicht traute, sich gehen zu lassen. Karla ließ ihn das nicht spüren, sondern umtanzte ihn und machte ihm auf diese Weise vor, wie er sich bewegen könnte. Wenn sich dann ein anderer Junge einschaltete, wenn er seine Bewegungen mit denen von Karla koordinierte, war er nicht eifersüchtig sondern traurig gewesen. Warum konnte er sich nicht so gehen lassen zum Rhythmus der Musik? Karla freute sich über die Aufmerksamkeit anderer Jungen, sie lachte, wenn sie sich näherten. Aber am Ende kam sie immer zu ihm zurück und hakte sich bei ihm ein.

Tanzen gegangen war er seit dem Unglück auch nicht mehr.

19 Der Opa schlug tatsächlich vor, Sven das Geld zu bringen, aber das wollte Sven doch nicht. Sich Geld leihen und ihm dann auch noch Umstände bereiten, das war dann doch zu viel. Sie verabredeten sich an der Sparkasse gegenüber vom Hauptbahnhof, wo der Opa das Geld abheben wollte. Als Sven ihm sagte, dass tausend Euro genügten, wollte er es nicht glauben.

»Junge, du musst dich nicht unnötig einschränken, ich gebe dir das Geld doch gerne. Ich brauche es gar nicht, warum soll es auf dem Konto rum liegen?«

Sven freute sich über den Opa. Ja, er war prima, ohne ihn wäre Karla nie so geworden wie sie es gewesen war. Es kostete Sven richtig Mühe, den Opa von seinem Plan abzubringen.

»Tausend Euro, Opa. Glaub mir, mehr brauche ich nicht.«

Er reichte ihm schließlich das Geld. Wirklich geglaubt, dass es genug war, hatte er aber nicht, denn als Sven zu Hause nachzählte, waren es tausendeinhundert gewesen.

Sven packte zehn Hunderteuroscheine mit einer Büroklammer zusammen, steckte sie in einen Briefumschlag und überreichte ihn Alex.

»Hier, gib das Berat. Danach bist du frei und kannst zurück in deine Wohnung.«

Alex sah ihn völlig überrascht an.

»Woher hast du das Geld?«

»Das geht dich nichts an. Aber sieh zu, dass ich es schnell zurückkriege.«

»Ne, ist schon klar, ich mach das. Versprochen.«

Als er nachzählte, sah er Sven wieder überrascht.

»Das ist aber nur die Hälfte. Berat kriegt zweitausend.«

»Das geht schon klar. Berat erwartet nicht mehr von dir. Aber du musst sie ihm heute bringen.«

»Hast du etwa mit ihm verhandelt?«

Sven nickte.

»Ey Alter, wenn du Berat um tausend Euro runter gehandelt hast, bist du ein ganz Großer. So was hat noch keiner geschafft.«

»Wer weiß, was der dir für einen Scheißstoff gegeben hat, wahrscheinlich verdient er immer noch genug daran und ich hab ihn gar nicht runter gehandelt.«

»Du meinst also, dass der mich verarscht hat.«

»Das traue ich ihm zu. Mit dir ist das ja auch nicht schwer. Wenn du nur von Ferne ein paar Euroscheine riechst, übersiehst du doch jedes Warmschild. Dann fällt dir nichts mehr auf.«

Einen Moment lang schien Alex von der Kritik wirklich getroffen zu sein, aber er unterdrückte seinen Ärger.

»Ich habe aber noch eine Bedingung für meine Hilfe.«

»Was denn für eine Bedingung? Willst du Zinsen?«

Sven musste lachen.

»Ne, es reicht, wenn du mir das Geld zurückgibst. Aber du musst mir versprechen, nie wieder Geschäfte mit Berat zu machen.«

»Sowieso nicht. Mit so einem wie Berat will ich nichts mehr zu tun haben. Bin froh, wenn ich den los bin.«

Sven sah ihm in die Augen. Es kam ihm so vor, als würde Alex wirklich meinen, was er sagte.

Sie fuhren gemeinsam in die Stadt, stiegen wieder an der Reinoldikirche aus und gingen hinüber zur Brückstraße.

Sven merkte, wie Alex immer nervöser wurde, je näher sie dem Treffpunkt kamen. Er begann, an seiner Kleidung zu zupfen, fingerte in seiner Hosentasche nach dem

Briefumschlag und blickte sich suchend um. Als sie in die Brückstraße einbogen, zitterten seine Finger.

Sven musste grinsen. Das könnte nicht schaden, dachte er. Alex hatte eine Lektion verdient, vielleicht würde ihn das von weiterem Leichtsinn abhalten.

Die Brückstraße lag gar nicht so weit entfernt von der Fußgängerzone, aber das Publikum, das hier rum lief, war merklich anders. Hierher kamen eher Leute vom Rand der Gesellschaft, aber Sven wunderte sich nicht darüber. Irgendwohin mussten diese Leute ja und es gab immer mehr davon, da konnten die Politiker erzählen was sie wollten. Es würde nicht an Arbeit fehlen, wenn er erst mal mit dem Studium fertig wäre. Hauptsache, es wäre Geld da um Stellen zu schaffen, aber da hatte er so seine Zweifel.

Sobald das Café in ihr Blickfeld geriet, schaute Sven angestrengt nach vorn. Ja, Berat saß wieder an dem Tischchen am Fenster und es schien so, als hätte er sie sofort entdeckt. Jedenfalls blickte er angestrengt in ihre Richtung. Alex blieb tatsächlich einen Moment lang stehen, atmete tief durch, dann ging er mit festem Schritt weiter.

Na also, dachte Sven. Angst zu zeigen war das Letzte, was gegen einen wie Berat half.

»Du gehst alleine rein, ich bleib vor dem Eingang stehen.«

Alex nickte. Er schien nur noch auf das konzentriert zu sein, was vor ihm lag.

Sven bemerkte wieder das dümmliche Grinsen in Berats Gesicht, als sie näher kamen. Seine Einschüchterungsgrimasse, wie er inzwischen wusste. Sich etwas Neues einfallen zu lassen, war wohl zu viel verlangt. Sven merkte, dass er den letzten Respekt vor Berat verlor.

Als Alex auf die Tür zuging, hob Sven seine Arme und tat so, als würde er etwas durchbrechen. Für einen Moment verschwand das Grinsen in Berats Gesicht. Er hatte also verstanden.

Sven sah, wie die beiden kurz miteinander redeten und wie Berat kurz darauf nickte. Na also, die Sache lief doch.

Im nächsten Moment zog Alex den Briefumschlag aus der Hosentasche und reichte ihn Berat. Der nahm ihn mit betont coolem Gesichtsausdruck an, warf einen kurzen Blick hinein und nickte wieder. Sven sah, dass die beiden Bodys wieder im Hintergrund saßen und die Szene beobachteten. Als sie das Nicken ihres Chefs sahen, wandten sie sich ab und begannen ein Gespräch mit der Bedienung, der kleinen Schwarzhaarigen, die diesmal einen knallroten Minirock trug.

Sven atmete auf. Die Sache war gelaufen, na endlich. Es hatte auch lange genug gedauert. Als Alex kurz darauf aus dem Café kam, hatte er das Gefühl, ihn umarmen zu sollen, so erleichtert war er. Es war ein Gefühl, wie er es schon lange nicht mehr gehabt hatte. Aber er unterließ es, es hätte nur Berat aufgewertet. Und dass er solch eine Bedeutung für ihn haben sollte, wollte er ihm auf keinen Fall zugestehen.

Nebeneinander gingen sie die Brückstraße zurück in Richtung Reinoldikirche.

»Jetzt kannst du wieder normal leben«, sagte Sven und dachte dabei auch an sich selber.

Alex nickte nur. Ein bisschen mehr könnte er sich schon freuen, dachte Sven, immerhin hatte er einiges für ihn riskiert. Und ihm dazu noch eine ganze Menge Geld eingespart. Aber er blieb noch eine Zeitlang stumm, dann drehte er sich kurz um und lachte plötzlich laut los.

»Ja, das hat gut geklappt. Den Typen bin ich los.«

Das Lachen irritierte Sven, er wusste selbst nicht, warum das so war. Es war ein bisschen zu laut gewesen und vor allem zu plötzlich gekommen. Was war los mit Alex? Sven beschloss, nicht weiter darüber nachzudenken. Jetzt würde er endlich wieder den Kopf frei haben für seine eigenen Probleme. In dem Moment, als er das dachte, hörte er plötzlich Schritte hinter sich. Erschrocken drehte er sich um und sah, dass die Wachhunde von Berat hinter ihnen her gerannt kamen. Alex hatte es auch bemerkt.

»Los, weg hier!«, rief er und rannte los.

Sven verstand nicht, was das zu bedeuten hatte, rannte aber hinterher. Vier, fünf Meter war er hinter ihm. Alex bog in die Kleine Brückstraße ein und rannte nicht weiter in Richtung Kirche, sondern zum Bahnhof, Sven immer hinterher. Als er sich umdrehte, sah er, dass Berats Wachhunde gut zwanzig Meter hinter ihnen waren. Seit sie losgerannt waren, hatten die Typen nicht viel aufgeholt. Sie kamen zum Umgehungsring, Gott sei Dank stand dort die Ampel für den Autoverkehr gerade auf Rot. Zwischen den parkenden Autos hindurch liefen sie auf die andere Straßenseite und von dort zur Münsterstraße. Unter der großen Eisenbahnunterführung hindurch bog Alex nach links ab, überquerte den Platz und rannte über die nächste Straße, obwohl dort die Autos fuhren. Ein Mercedes musste scharf bremsen, Alex störte sich nicht daran, Sven folgte. Der Fahrer öffnete das Seitenfenster und rief ihnen etwas nach, das Sven aber nicht verstand. Er blickte sich um. Die Typen hatten erst ein paar Autos vorbei gelassen, bevor sie die Straße überquert hatten, so dass sich ihr Vorsprung vergrößert hatte.

Um Gottes Willen, will der etwa durch den Puff laufen, dachte Sven. Aber da hatte Alex schon die Sichtblende umlaufen, die die Straße uneinsehbar machte für Passanten und war hineingerannt.

Also gut, warum nicht mal wieder der Puff, dachte Sven. Vielleicht würden die hübschen Mädchen hinter den Fenstern die Typen ablenken und sie könnten ihren Vorsprung vergrößern. Sie rannten in der Mitte der Straße, über den Bürgersteig liefen ein paar ältere Männer und sprachen ab und an mit einem der Mädchen. Dort würden sie langsamer vorankommen.

»Hey, ihr habt es aber eilig«, rief einer dieser Männer, »drückt es so sehr?«

Arschloch, dachte Sven, der Kerl musste doch gesehen haben, dass sie verfolgt wurden.

Sie rannten die lang gezogene Straße hinunter, Sven fand tatsächlich Zeit, kurz zu den Mädchen hinüber zu schielen. Einige von ihnen waren wirklich hübsch.

Wie lange bin ich eigentlich nicht mehr hier gewesen, überlegte er und blickte sich gleichzeitig wieder um. Gut dreißig Meter waren die beiden hinter ihnen, der Abstand war etwa gleich geblieben. Aber er merkte, wie er langsam außer Puste geriet, genau wie Alex, den er laut keuchen hörte.

Als sie jung waren, gerade vierzehn oder fünfzehn Jahre alt, waren sie ein paar Mal nach der Schule hierher gegangen und hatten es als Mutprobe betrachtet, durch diese Straße zu gehen. Sven hatte nie zu den ersten gehört, die sich getraut hatten, aber er hatte auch dafür gesorgt, nicht der Letzte zu sein, über dessen Feigheit alle lachten. Als er einmal hindurch gegangen war, hatte eine der Frauen laut angefangen zu lachen, als sie ihn sah.

»Komm rein, Kleiner«, hatte sie gerufen, »ich zeig dir, wie es geht. Für dich mache ich es sogar umsonst.«

Er musste sich ein Grinsen verkneifen, als er daran dachte. Danach hatte er sich lange nicht mehr getraut, durch diese Straße zu laufen Auch jetzt flöteten ihnen zwei Frauen hinterher.

»Kommt zu uns, Jungs. Hier könnt ihr euch besser austoben als mit eurer Rennerei!«

Dann hatten sie die Straße endlich hinter sich. Sie kamen wieder zu einer Hauptstraße, die frei war, weil die Ampeln ein Stückchen weiter entfernt rot waren. Sie tauchten in ein Gewirr von kleinen Straßen ein, Sven brannten die Lungen, aber plötzlich hatte er das Gefühl, dass sie allein waren. Er drehte sich um, die Typen waren tatsächlich verschwunden. Ob ihnen die Puste ausgegangen war? Alex hatte es auch bemerkt. Er blieb auf dem Bürgersteig stehen, beugte sich vor, stützte seine Arme auf die Knie und schnappte nach Luft.

»Vielleicht haben die beiden einen Zwischenstopp im Puff eingelegt«, rief er. Sven musste lachen, blickte sich vorsichtshalber aber immer wieder um. Ganz trauen wollte er dem Frieden noch nicht.

Durch kleine Straßen gingen sie Richtung Bornstraße und hielten sich dabei im Schatten der Häuser. An der Bornstraße würden sie in die S-Bahn steigen und nach Hause fahren.

»Sag mal, warum haben die uns eigentlich verfolgt?«, fragte Sven. »Es war doch alles klar, Berat war einverstanden mit dem Deal.«

Alex antwortete nicht sofort.

»Hör mal«, sagte er dann, »ich hab noch andere Schulden. Nicht nur die bei Berat.«

»Du hast noch andere Schulden? Was soll das heißen?«

»Dass ich mir zweihundert Euro aus dem Briefumschlag genommen habe. Mensch, ich brauch die Kohle, verstehst du nicht?«

Ne, Sven verstand nicht. Er schüttelte den Kopf.

»Ich hab bei Berat doch schon tausend runtergehandelt. Was willst du denn noch erreichen?«

Alex grinste. »Wenn der mit tausend zufrieden ist, kann er es auch mit achthundert sein. Das ist doch logisch, oder?«

»Das ist überhaupt nicht logisch. Mensch, die Sache war doch erledigt, du hättest zurück gekonnt in deine Bude. Und das alles gefährdest du wegen zweihundert Euro?«

Alex sagte nichts mehr. Schweigend gingen sie nebeneinander her. Mit Alex, dachte Sven, kommt man immer in Schwierigkeiten. Selbst da, wo vorher keine waren, bringt er es fertig, welche zu schaffen.

Das ging nicht mehr so weiter. Auf keinen Fall wollte Sven weiter etwas damit zu tun haben.

20

Die Arbeit im Gemeindehaus war anstrengend. Obwohl sie mit An- und Abreise, mit Aufräumen und Türabschließen nur knapp fünf Stunden dauerte, war Sven jedes Mal erschöpft, wenn er nach Hause kam. Es fehlte ihm noch die Routine im Umgang mit den Jugendlichen. Sven wusste nicht, wann er eingreifen musste und wann nicht. Wenn er zu früh eingriff, verschwendete er etwas von seiner Autorität, merkte er. Dann betrachteten sie ihn als Aufpasser und begannen, sich gegen ihn zu wehren. Wenn er es gar nicht tat, konnte aus nichtigstem Anlass der wildeste Streit entstehen und sogar Blut fließen. Auch das kam mal vor in seinen Stunden.

Einmal wollte er gerade eingreifen, da bekam er Hilfe von unerwarteter Seite. Der Grund für den Streit war einmal mehr Erik gewesen. Er hatte angefangen, die Tischtennisplatte zu blockieren. Niemand dürfe mehr dort spielen, erklärte er, es sei denn, er würde ihm 50 Cent geben. Mit verschränkten Armen hatte er sich auf die Platte gesetzt und selbstbewusst in die Runde geschaut. Zwei Mädchen, die bis dahin an der Platte gespielt hatten, waren resigniert abgezogen und hatten sich in einen Nebenraum gesetzt.

Sven hatte zuerst gar nicht mitbekommen, was da an der Platte passiert war. Er war in einem anderen Raum gewesen und hatte Tee getrunken. Es war ihm nur aufgefallen, dass das Geräusch des auftickenden Balles ausgeblieben war. Aber das musste nichts bedeuten, dann hatten sie eben aufgehört, Tischtennis zu spielen.

Erst als zwei Jungen in den Raum kamen und ihn merkwürdig ansahen, wusste er, dass etwas passiert war. Direkt beklagten sie sich fast nie bei ihm. So was hielten sie für feige, aber ihre Blicke sprachen in solchen Fällen Bände.

Als Sven an der Tür des Tischtennisraumes stand, bot sich ihm ein sonderbarer Anblick. Erik thronte auf der Platte, hatte die Arme vor der Brust verschränkt und blickte drohend in die Runde. Die anderen standen drum herum, blickten auf den Boden und wussten offensichtlich nicht, was sie tun sollten. Auf die Idee, sich gemeinsam gegen Erik aufzulehnen, kamen sie nicht.

Sven brauchte einen Moment, bis er die Situation verstand. Erik ließ sie nicht spielen, begriff er. Warum das so war, wusste er nicht.

Gerade in dem Moment, als er den Raum betreten wollte, sprang plötzlich ein Junge auf. Jan hieß er, ein stiller Junge, der Sven erst bei seinem dritten oder vierten Dienst aufgefallen war. Er war nicht aggressiv, machte keine Vorschläge, was sie spielen könnten, sondern beteiligte sich einfach an dem, was die anderen anfingen. Aus Streit hielt er sich meistens raus. Jan war einer, mit dem Sven keine Arbeit hatte.

Aber jetzt rannte er plötzlich auf Erik zu, streckte weit die Arme vor und schubste ihn. Erik schien völlig überrascht zu sein, jedenfalls reagierte er nicht, sondern ließ sich auch einen zweiten Schubser von Jan gefallen. Bei einem anderen hätte er sich sofort gewehrt, aber von Jan hatte er das offensichtlich nicht erwartet. Was ist denn jetzt los, dass plötzlich Jan gegen mich ist, schien er sich zu fragen.

Jan schien selbst Angst vor der eigenen Courage zu bekommen, jedenfalls fing er plötzlich an zu schreien.

»Bist du bescheuert!«, schrie er. »Musst du immer stänkern? Warum kannst du das nicht lassen, du Idiot? Ich bin hierher gekommen, um zu spielen. Um ein paar Kumpels zu treffen, nichts weiter. Warum musst du immer alles kaputt machen?«

Sven staunte. Ja, das waren genau die richtigen Worte, er selbst hätte das nicht besser ausdrücken können. Mit angehaltenem Atem beobachtete er, was Erik jetzt machte, gefasst darauf, jeder Zeit eingreifen zu müssen. Aber das Wunder geschah. Erik erhob sich und sprang von der Platte. Mit unsicherem Blick kontrollierte er, wie die anderen darauf reagierten. Die sagten nichts.

Erik setzte sich auf einen Stuhl in der Ecke und versuchte ein Grinsen. Aber es gelang ihm nicht richtig, die Verunsicherung war ihm anzumerken.

Jan forderte einen Jungen auf, gegen ihn zu spielen. Kurz drauf hörte Sven wieder das Plogplog des aufspringenden Tischtennisballes.

Klasse, dachte er, das war mutig und vor allem gut gewesen.

Warum Erik so häufig beim Tischtennis störte, hatte Sven längst begriffen. Er war schlecht im Spiel, die Bälle versprangen ihm, oft reagierte er viel zu langsam. Niemand wollte gern mit ihm im Doppel spielen, Erik drohte ein Verlust seines Ansehens. Daher die Störungen, Erik hatte es nötig, von seinen Schwächen abzulenken.

Sven wusste, dass er von nun an genau darauf achten musste, wie Erik sich gegenüber Jan verhielt. Den Ansehensverlust würde er bei nächster Gelegenheit wettmachen wollen. Und dann konnte es gefährlich werden für Jan.

Die Situation war einer der Höhepunkte bei Svens Tätigkeit gewesen, ansonsten lief er durch die Räume, sprach mit diesem oder jenem, machte Vorschläge oder spielte selbst mit. Beim Kickern war er richtig gut geworden.

Irgendwann, als alles ganz ruhig war, hatte sich Sven aus dem Keller geschlichen und war zur Kirche gegangen. Er hatte keinen Schlüssel dafür, aber die Eingangstür war offen gewesen. Im Kirchenschiff hatte ihn angenehme Kühle und eine fast feierliche Stille umfangen. Sven hatte selbst nicht gewusst, warum er das tat, er war einfach einem Impuls gefolgt, ohne groß darüber nachzudenken. Er hatte sich in die erste Reihe gesetzt und auf den Altar geschaut. Ein großes Kreuz stand darauf, ohne Corpus, aber in dem Mosaikfenster dahinter war Jesus dargestellt. Jesus, der gerade vor einer Menschenmenge predigte. So, wie der Pfarrer von der Kanzel links von ihm bei jedem Gottesdienst predigte.

Sven hatte die Situation auf sich wirken lassen. Er hatte gespürt, wie er innerlich zur Ruhe kam. Es war eine Ruhe gewesen, wie er sie lange nicht gefühlt hatte. Dann hatte er sich plötzlich an den Besuch im Kölner Dom erinnert und dass Karla da für sie beide gebetet hatte. Dass sie dafür gedankt hatte, dass sie und er zusammen waren. Und sie hatte in ihrem Gebet gewünscht, dass sie es noch lange sein würden.

Ach, warum hast du nicht auf sie gehört, dachte er und blickte auf den predigenden Jesus. Sie hat doch an dich geglaubt, es war gar nicht viel gewesen, um das sie dich gebeten hat. Was soll ich jetzt in einem Gebet zu dir sagen, dachte er und nickte in Richtung des Mosaikbildes. Ich kann nicht beten. Ich konnte es nur zusammen mit Karla, aber du hast nicht verhindert, dass sie mir genommen wurde. Du hast nichts dafür getan, dass sich ihr Wunsch, den sie dir genannt hat, erfüllte. Jetzt bin ich allein, schon seit Monaten bin ich das und weiß immer noch nicht, was ich tun soll.

Er senkte den Kopf. Was mache ich hier, dachte er, von wem erwarte ich Hilfe? Sinnlos ist das alles, vollkommen sinnlos. So sinnlos wie ich die letzten Monate verbracht habe.

Er versuchte, an nichts zu denken. Er wollte nur noch die Ruhe auf sich wirken lassen, nichts mehr als das.

Hinterher wusste er nicht, wie lange er so in der Kirchenbank gesessen hatte. Waren es zwei oder drei Minuten gewesen? Oder vielleicht eine Viertelstunde?

Die Jugendlichen schienen ihn nicht vermisst zu haben, als er in die Kellerräume zurückkehrte. Aber indem er das tat, merkte er, dass der Aufenthalt in der Kirche ihm doch etwas gebracht hatte. Es war sein letzter Dienst gewesen, dachte er. Er musste weg hier, denn wenn er bleiben würde, würde er nie seinen eigenen Weg finden. Die Stunden ermüdeten ihn, und er brauchte doch alle Kräfte, um wieder zu sich zu finden. Und das musste er, wieder zu sich selbst finden.

Am Abend rief er Robert an und erklärte ihm, dass er nicht mehr kommen würde.

»Weißt du, mein Studium. Ich muss mich auf die Sachen konzentrieren, die wirklich wichtig sind.«

Robert hatte Verständnis. »Aber lass uns ab und an mal treffen«, entgegnete er. »Es wäre schade, wenn unser Kontakt wieder abreißen würde.«

»Ja, das finde ich auch.« Sven war froh darüber, dass Robert nicht versuchte, ihn zu halten. »Melde dich mal.«

»Oder du, das geht auch.«

Sven musste lachen.

»Klar geht das. Hast du die Telefonnummer von Stephan?«

Robert hatte sie, Sven schrieb sie sich auf. Wenn er klaren Blick nach vorn hatte, würde er ihn mal anrufen, nahm er sich vor. Und irgendwann auch mal zu einer Ausstellungseröffnung gehen. Wie Stephan die Bilder der Jugendlichen korrigiert hatte, wie er selber malte, hatte ihm gefallen.

Noch am Abend ging er in die Brasserie am Alten Markt. Ein paar Stunden Arbeit, bei der er nicht groß nachdenken müsste, wären gut, dachte er. Er brauchte das Geld, ja und dann, dann musste er nur noch …

Es war Silke, die hinter der Theke stand.

»Oh, bist du auch mal wieder da?« Ihr ironischer Tonfall gefiel ihm nicht. Bei Alex würde ihn dieser Tonfall nicht stören, bei Silke dagegen schon. Bei ihr war es nicht einfach lustig gemeint, sondern es steckte etwas anderes dahinter. Sie wollte sich aufspielen vor ihm, vermutete er.

»Sag bloß, du hast mich vermisst«, antwortete er.

»Es hielt sich so gerade in Grenzen.« Auch dies klang nicht wirklich humorvoll, sie wirkte merkwürdig verkrampft dabei, als sie es sagte.

Oh Gott, was sollte er jetzt machen? Sollte er betteln um die paar Stunden in diesem Laden, wo er doch gerade eine bessere Arbeit abgegeben hatte. Allerdings eine, die ihn mehr zermürbt hatte.

»Teilst du die Stunden jetzt ein?«, fragte er.

Silke antwortete nicht sofort, sondern begann, Gläser zu spülen, die ihr ein junger Mann gebracht hatte, den Sven noch nie als Bedienung erlebt hatte. Er hatte noch keine Erfahrung, merkte Sven, denn er trug drei Kaffees auf dem Tablett nach draußen und ließ das Bier, das Silke gezapft hatte, erst mal stehen. Kurz drauf kam er zurück und holte es. Sven grinste, Silke sah es.

»Auf den kann ich mich wenigstens verlassen«, sagte sie. »Er kommt, wenn er das zusagt.«

»Er kommt vor allem oft zur Theke«, antwortete Sven.

Silke wandte ihr Gesicht ab und begann, benutzte Tassen in den Geschirrspüler zu stellen. Was war denn jetzt los, dachte Sven. Wollte sie ihm die kalte Schulter zeigen? Er wartete. Sie würde sich schon wieder beruhigen, glaubte er.

Kurz drauf kam sie zu ihm herüber, stützte ihre Hände auf die Spüle und blickte ihm ernst ins Gesicht.

»Nun sag schon, was du willst.«

»Warum soll ich das sagen, wenn du es doch weißt.«

»Du willst also hier wieder arbeiten?«

Sven verkniff sich ein Nicken. Es war ein kleiner Zweikampf, den sie mit ihm veranstaltete, merkte er, und er wollte ihn auf keinen Fall verlieren. Es hing mit Silke zusammen. Gerade sie sollte keinen noch so kleinen Triumph über ihn erleben.

Silke wartete tatsächlich lange auf eine Reaktion, dann seufzte sie.

»Also gut, von mir aus. Komm morgen gegen 15 Uhr. Acht Euro fünfzig die Stunde.«

Sven staunte. Das war kein schlechter Stundenlohn. Hatte es hier eine Lohnerhöhung gegeben oder hatte sich Alex, als er die Einteilung vornahm, schon immer was eingesteckt?

Er nickte.

»Aber komm pünktlich, hast du gehört. Nicht wieder die Schlamperei wie früher.«

»Ja, Mama.«

Jetzt lachte sie.

»Willst du eine Cola?« Als sie seinen fragenden Blick sah, fügte sie hinzu: »Die geht auf Kosten des Hauses.«

21

Zwei Tage gab Sven Alex Zeit, aber er machte keine Anstalten, die Wohnung zu verlassen. Sven hatte vermutet, dass Berats Wachhunde auftauchen würden, aber das taten sie nicht. Die Luft war rein vor seiner Wohnung. Ob Berat sicher war, Alex bei anderer Gelegenheit zu erwischen? Oder wirkt Svens Drohung mit dem gebrochenen Bein nach? Eitel genug, um Angst um seine schönen Beinchen zu haben, schien er zu sein, selbst wenn er Sven die Drohung nicht wirklich abgenommen hatte. Aber egal, Sven hatte es satt, nicht mehr allein zu sein in seiner Wohnung, er hatte es satt, sich beim Rausgehen jedes Mal umzuschauen, um zu kontrollieren, ob ihnen jemand auflauerte.

»Was ist jetzt?«, fragte er, als Alex wieder in der Küche vor dem Fernseher hing und eine dämliche Nachmittagsshow ansah.

Alex wandte den Blick nicht mal vom Fernseher ab.

»Ey Alter, lass mir noch etwas Zeit. Solange, bis Berat sich wegen der zweihundert Euro beruhigt hat. Dann haue ich ab, ganz bestimmt.«

In den letzten Tagen hatte er nicht mal mehr Lebensmittel eingekauft, sondern sich ganz darauf verlassen, was Sven anschleppte. Alex liebte die Bequemlichkeit, stellte Sven fest. Und wie er sie liebte! Verständlich, dass er keinen Drang verspürte, in seine Bude zurück zu kehren, bei Sven war ja alles vorhanden, was er brauchte. Sven antwortete nichts, er biss nur die Zähne aufeinander und fasste einen Plan.

Am Nachmittag verließ Alex doch noch die Wohnung, ohne zu erklären, was er vorhatte. Sven sah, dass er den Schlüssel, der an einem Haken neben der Tür hing, nicht einsteckte. Wohin er ging, sagte er nicht, Sven war es egal. Er schnappte sich Alex' Tasche, riss den Kleiderschrank auf, stopfte seine Klamotten rein und stellte sie vor die Wohnungstür. Wenn die Tasche inzwischen jemand klaute, konnte es ihm egal sein, dachte er. Alex hatte Zeit genug gehabt, alles wieder in seine Wohnung zu bringen. Dann ging er zum Kühlschrank und nahm noch ein paar Lebensmittel raus, Käse, etwas Wurst, zwei Brötchen, hungern sollte Alex nicht. Zusammen mit einer Flasche Bier steckte er alles in eine Plastiktüte und stellte auch die vor die Tür. Dann setzte er sich auf einen Stuhl in der Küche und wartete. Eine Stunde, zwei Stunden lang, bis er plötzlich Geräusche vor der Wohnungstür hörte. Kein Zweifel, das musste Alex sein.

Sven lauschte, aber im nächsten Moment war es ganz still. Hatte er sich verhört oder stand Alex jetzt vor der Tür und verstand nicht, was Tasche und Tüte im Flur zu bedeuten hatten? Im nächsten Moment hämmerte es plötzlich gegen die Wohnungstür.

»Mensch, Sven, mach keinen Scheiß. Mach sofort die Tür auf!«

Er hörte auf zu hämmern und schien zu lauschen, aber Sven rührte sich nicht.

»Sven, hörst du nicht. Du sollst die Tür aufmachen!«

Wieder lauschte er. Als es immer noch ruhig blieb, hämmerte er erneut.

»Sven, wir sind doch Freunde, das kannst du nicht machen, sei vernünftig.«

Eine Zeitlang blieb es jetzt bei diesem Rhythmus mit hämmern, rufen, lauschen. Sven fiel es immer schwerer, ruhig zu bleiben. Was war das, was er da gerade machte? Alex war sein Freund, konnte man so mit einem Freund umgehen? War das nicht Verrat, heimtückisch von ihm angezettelt, als der Freund nicht da war? Er schwankte. Nein, so konnte man das nicht machen, das war gemein, mindestens unkameradschaftlich. Wie war er bloß auf die Idee gekommen, die Sache so zu lösen? Er erhob sich gerade von seinem Stuhl, da änderte Alex plötzlich den Tonfall.

»Du bist ein Schwein!«, schrie er, »du bist der gemeinste Typ, der mir je untergekommen ist.«

Sven ließ sich zurückfallen auf den Stuhl. Dass sein Handeln gemein sein könnte, darauf war er schon selber gekommen. Aber ein Schwein, nein ein Schwein war er nicht! Immerhin hatte er Alex bei sich aufgenommen, drei Wochen lang. Mit Geduld hatte er ihn ertragen und am Ende sogar eine Lösung für ihn gefunden, die funktioniert hätte, wenn Alex nicht diesen blöden Trick mit den zweihundert Euro versucht hätte. Er war doch selber Schuld daran, dass er in solche Situationen geriet, Alex war einfach nicht zu helfen. Dann musste er auch die Konsequenzen tragen.

Sven hörte nicht mehr hin. Es war ihm egal, welche Schimpfwörter Alex gebrauchte, er hatte die richtige Entscheidung getroffen. Wirklich dankbar wäre Alex sowieso nicht, daran würde sich auch nichts ändern, selbst wenn er ihn monatelang beherbergte und verpflegte. Und außerdem war es Zeit, dass er an sich dachte. Er musste den Kopf frei haben, um seinen Weg zu finden. Einen Weg ohne Karla. Es tat ihm weh, als er daran dachte.

Er wusste nicht, wie lange Alex getobt und gegen die Tür gehämmert hatte, jedenfalls merkte er plötzlich, dass es still geworden war. Er wartete noch ein paar Minuten, dann schlich er sich zur Tür und öffnete sie einen Spalt breit, aber es war niemand zu sehen. Sven trat ins Treppenhaus, beugte sich über das Geländer und blickte nach unten. Auch da war niemand zu sehen, Alex hatte sich tatsächlich aus dem Staub gemacht.

Sven atmete auf. Er fühlte eine große Erleichterung, als er zurück in seine Wohnung ging. Jetzt gehörte sie wieder ihm, einzig und allein ihm. Ein Grund zum Feiern wäre das, dachte er und musste schmunzeln bei dem Gedanken, dass Alex dafür eigentlich der richtige Partner wäre, wenn die Situation eine andere wäre. Ja, warum nicht mit Alex? Freunde würden sie weiterhin bleiben, daran würde der heutige Tag nichts ändern. Aber dann hatte er die richtige Idee. Ja, es gab einen, mit dem zusammen er diesen Tag feiern sollte. Einen, der sogar seinen Anteil dazu beigetragen hatte, dass sich alles so entwickelt. Eine Pizza und ein Gläschen Bier, das wäre genau das Richtige.

Er rief an und eine halbe Stunde später stand er vor der Wohnung des Opas. Der Opa hatte sich richtig fein gemacht, als er kurz drauf vor Sven stand. Er trug einen blauen Blazer, dazu eine passende Hose. Statt seiner geliebten Sandalen trug er festes Schuhwerk.

»Aber lass mich bezahlen, Junge«, sagte er sofort, »du kannst doch für mich alten Kerl kein Geld ausgeben.«

»Opa, ich hab dich eingeladen, also zahle ich auch.«

Kurz drauf saßen sie in einer kleinen Pizzeria in der Nähe der Mallinckrodtstraße. Als das Bier kam, stießen sie miteinander an.

»Prost Opa.«

»Prost Junge. Bist ein prima Kerl, dass du mich nicht vergisst.«

»Wir sind immer noch so etwas wie eine Familie. Hast du doch selbst gesagt.«

Der Opa nickte und senkte den Kopf. Sven merkte, dass er gerührt war.

Sie bestellten sich jeder eine Pizza, der Opa mit Meeresfrüchten, Sven mit Schinken und Ei.

»Weißt du, irgendwie ist es richtig, dass ich allein bin«, sagte er plötzlich. »Ich verstehe die Welt sowieso nicht mehr. Was sollen andere Leute mit so einem anfangen?«

»Du verstehst noch eine ganze Menge davon«, widersprach Sven.

»Das sagst du so. Du hast es doch selbst gesehen, dass meine Welt untergegangen ist. Die liegt tief im Wasser des Phönixsees. Nur ich weiß noch, dass sie da liegt, sonst niemand.«

»Damit weißt du schon mal mehr als andere«, grinste Sven. »Die meisten wissen doch nur, was sie sehen. Aber du siehst Dinge, die es nicht mehr gibt.«

Der Opa schmunzelte. »Das hast du schön gesagt, Junge. Du vergisst dabei nur eins. Nämlich dass keiner was von Dingen wissen will, die er nicht sieht oder die weit zurück liegen. Entweder glaubt man mir nicht oder man will nichts davon hören.«

Sven schwieg. Das war ein Argument, das er nicht so leicht entkräften konnte. Es stimmte ja, die Leute wollten vom alten Ruhrgebiet mit seinem Kohlenstaub und seinem brennenden Himmel beim Stahlabstich nichts wissen. Und er, wenn er ehrlich war, auch nicht. Irgendwie war es immer der Opa gewesen, der ihn in diese Zeit hineingezogen hatte.

Aber war es auch richtig, davon nichts wissen zu wollen? Diese Zeit hatte es mal gegeben, sie war da gewesen mit ihrem Kohlestaub und den Russflocken in der Luft. Wenn seine Mutter von früher erzählte, spielte das auch eine Rolle. War das, was sie jetzt umgab, so viel besser? Oder war es falsch, überhaupt zu vergleichen und von besser oder schlechter zu reden? War alles einfach immer nur anders, früher so, heute so, und deshalb nicht Wert, groß darüber zu reden?

Von seiner eigenen Welt, dachte er, war auch ein Stück untergegangen. Seine Welt hatte mit Karla zusammen gehangen, und die gab es nicht mehr. Immer ging ein Stück verloren, jeden Tag für jeden.

Die beiden Pizzen wurden gebracht, sie begannen wortlos zu essen.

»Sven, es ist gut, dass du mich angerufen hast«, sagte der

Opa plötzlich und legte Messer und Gabel zur Seite, »ich muss dir nämlich was sagen.«

Sven wunderte sich, dass er ihn mit Vornamen anredete. Junge, das war seine übliche Anrede, vielleicht, weil er zeigen wollte, dass er ihn als eigenen Sohn, genauer gesagt Enkelsohn ansah. Vielleicht auch, weil er einen eigenen Sohn immer vermisst hatte, Sven hatte nie nachgefragt. Indem er jetzt den Vornamen verwendete, wirkte seine Anrede plötzlich förmlicher, distanzierter.

Was ist denn nun los, dachte Sven.

»Sven, du bist jung«, fuhr der Opa fort. »Du kannst nicht immer allein bleiben. Du brauchst eine Freundin.«

Sven glaubte einen Moment lang, sich verhört zu haben. Das sagst ausgerechnet du, der Opa von Karla, dachte er.

»Ja, guck mich ruhig erstaunt an«, fuhr der Opa fort, »ich weiß, was du denkst. Aber gerade weil ich der Opa von Karla bin, muss ich dir das sagen.«

Er griff wieder nach Messer und Gabel und schnitt sich ein Stück von der Pizza ab. Offensichtlich wollte er Sven Zeit zum Nachdenken geben. Während er kaute, vermied er es, ihn anzusehen, dann aber nahm er ihn von einer Sekunde zur anderen fest in den Blick.

»Du hast doch an mir gesehen, wie es ist, allein zu sein. Nach dem Tod von meiner Frau war alles Mist. Tina hat eine Mutter gefehlt. Und später hat ihr der Mann gefehlt. Alleine, das hat sie nicht durchgehalten und ist im Suff untergegangen wie unser Stahlwerk im See. Ich will, dass du deinen Weg im Leben findest. Karla hätte das auch gewollt. Du sollst sie nicht vergessen, das hätte sie gewollt. Du sollst sie mitnehmen auf deinem Weg durchs Leben und nicht aufhören, ab und an mal an sie zu denken. Und ich wünsche mir das auch.« Er schwieg einen Moment lang, griff aber nicht mehr zum Besteck.

»Junge, ich sehe doch, wie du leidest. Wie du nicht weißt, wie es weitergehen soll. Aber es muss weitergehen, du hast noch so viel vor dir. So wie alles hier in unserer Region noch was vorhat. Und am besten geht es, wenn dich jemand dabei begleitet.«

Sven konnte nicht antworten. Er spürte plötzlich, dass ihm Tränen über die Wangen liefen. Er gab sich keine Mühe, sie vor dem Opa zu verbergen. Es war nicht allein die Trauer um Karla, die ihn so sehr bewegte, merkte er. Es ging vor allem um ihn selbst und darum, dass er Abschied nehmen musste von einem Teil seines Lebens. Irgendwie hatte er es schon länger gespürt, weshalb sonst hatte er Alex vor die Tür gesetzt? Er hatte es getan, um frei zu sein für neue Entscheidungen. Und jetzt bestätigte ihm der Opa, dass es richtig war, was er dachte und tat. Der Opa war es, der ihn zum Neuanfang drängte. Der ihn endgültig drängte, Abschied zu nehmen von dem, was hinter ihm lag. Der ihn aber bat, es nicht zu vergessen, so wie sein Arbeitsplatz und damit ein Großteil seines Lebens längst vergessen war. Überspült von den Fluten eines Sees.

Sven nickte und trank einen Schluck von seinem Bier. Von niemandem würde er so einen Rat annehmen, dachte er. Der Opa war die Ausnahme, nur er konnte ihm so etwas sagen.

Sven nickte.

»Ja, es stimmt, was du sagst. Nur eins hast du dabei vergessen. Opa.«

»So, und was?«

»Dass ich dich auch nicht vergessen will. Dich und dein altes, abgesoffenes Ruhrgebiet.«

Sie lachten.

»Das hast du gut gesagt, Junge. Abgesoffen, das ist das richtige Wort.«

Eine Zeitlang schüttelte er noch schmunzelnd den Kopf, dann machte er sich über den Rest der Pizza her. Sven beobachtete ihn still dabei. Jetzt hat er wieder Junge zu mir gesagt, dachte er.

22 Silke war überraschend entgegenkommend, als er den Bedienungsplan mit ihr durchsprach. Er hatte sich ein Semesterverzeichnis besorgt und seine Seminare und Vorlesungen zusammengestellt. Montags und dienstags hatte er viel zu tun an der Uni, da blieb keine Zeit für einen Nebenjob. Mittwochs hatte er nur ein Seminar, das lag aber am Nachmittag.

»Dann komm am Donnerstag und Freitag«, sagte Silke, als er es ihr seinen Plan erklärt hatte. »Und wenn du zwischendurch am Wochenende Zeit hättest …«

»Kann ich das von mal zu mal entscheiden?«

Jetzt bricht wieder die Mama durch, dachte er, jetzt muss ich mir wieder den Vortrag über Zuverlässigkeit und Pünktlichkeit anhören. Aber nichts davon geschah.

»Wann weißt du denn Bescheid, ob es am Wochenende klappt oder nicht?«

Ungläubig schaute er sie an. War das wirklich die Silke, die er bisher gekannt hatte? Sie bemerkte seinen Blick und grinste.

»Wenn ich donnerstags zur Arbeit komme, müsste ich es wissen.«

»Das reicht.« Sie nickte zur Bekräftigung.

Sven stand kurz davor zu fragen, ob etwas los sei. Ob von den anderen Bedienungen vielleicht welche abgesprungen seien, so dass ihnen Arbeitskräfte fehlten. Aber er unterließ es. Wenn sie freundlich zu ihm war, sollte er das annehmen und nicht nach ihren Gründen fragen. Trotzdem konnte er seine Verwunderung nicht unterdrücken. Er schaute ihr noch erstaunt nach, als sie zurück zur Theke ging. Eine knackige Figur hatte sie nicht, so klein und gedrungen wie sie war. Aber ihre blonden Haare waren schön, bis weit in den Rücken fielen sie ihr. In einer Disko, überlegte er, würde sie ihm trotzdem kaum auffallen, selbst ihr ausgeprägter Busen würde nichts daran ändern. Irgendwie war sie nicht sein Typ. Aber egal, wenn sie freundlich zu ihm war, wollte er es zu ihr auch sein.

»Hat sich eigentlich Alex gemeldet?«, rief er ihr nach.

Sie drehte sich um.

»Alex hat angerufen. Er will demnächst wieder anfangen.«

Und, wirst du ihn nehmen, wollte Sven fragen, unterließ es aber. Besser er tat so, als gäbe es keinen Grund, ihn abzulehnen. Falls sie es doch tun sollte, könnte er sich immer noch für ihn stark machen. Und das würde er auf jeden Fall.

Bei seiner ersten Schicht merkte er, dass sie nicht jedem gegenüber so entgegenkommend war. Er sah, wie sie mit anderen verhandelte, die bedienen wollten und zu keinem Kompromiss bereit war. Entweder es ging so, wie sie das vorschlug und wie es für die Brasserie gut war, oder es ging gar nicht. Die meisten waren auf das Geld angewiesen, es blieb ihnen nicht anderes übrig als nachzugeben. Svens Verwunderung wuchs.

An der Uni musste er sich erst wieder einfinden. Von seiner ersten Vorlesung bekam er nur die Hälfte mit. Er war viel zu unkonzentriert, um der Stimme der Professorin über einen längeren Zeitraum zu lauschen. Immer wieder entglitten ihm seine Gedanken. Selbst beim Suchen der Seminarräume hatte er Probleme. Wo war der Raum E 218? Und was bedeutete noch mal dieses »E«? Einen Kommilitonen zu fragen kam ihm blöd vor. Er war kein Erstsemester, er musste nur die Orientierung zurück gewinnen, dann würde wieder alles laufen wie früher.

Als Fatih ihm entgegenkam, war er froh. Die Begegnung mit ihm gab ihm so etwas wie ein Heimatgefühl. Ja, er war doch richtig hier.

»Mensch, dich habe ich aber lange nicht gesehen«, sagte Fatih und schaute ihn prüfend an. »Sag nichts, ich versteh dich ja«, fügte er dann schnell hinzu. »Schön, dass du wieder da bist.«

Er boxte ihm freundschaftlich gegen den Oberarm.

»Sollen wir uns gleich in der Mensa treffen?«, fragte Sven.

»Klar, wird Zeit, dass wir wieder unseren alten Rhythmus aufnehmen.«

Sven lächelte. Ja, das wurde Zeit, wie schön, dass Fatih es genauso sah.

»Und wie läuft es mit deiner Examensarbeit?«

»Ist bald fertig.«

Sven freute sich. »Hab von dir auch nichts anderes erwartet.«

Nach knapp einer Woche hatte er sich eingefunden. Die Vorlesungen waren anregend, er hatte Freude daran, Neues zu erfahren und geistige Zusammenhänge zu erkennen. Die Powerpoint-Präsentationen in den Seminaren, die konzentrierten Arbeitsstunden in der stillen Bibliothek, das alles wurde ihm wieder vertraut. Ja mehr noch, er spürte plötzlich, wie sehr er es vermisst hatte. Komisch, dass ihm das in all den Wochen vorher nicht aufgefallen war. Es war ein Gefühl wie im ersten Semester.

Manchmal, wenn er zwischen Seminar und Vorlesung allein in einer Cafeteria saß, fiel ihm der Opa ein. Ja, der Opa hatte den Startschuss gegeben, hauptsächlich ihm war es zu verdanken, dass er wieder hier war. Und ein wenig auch sich selbst.

Sven merkte plötzlich, dass Silke ihm bei der Arbeit nachschaute. Zum ersten Mal fiel es ihm auf, als er sich beim Bedienen an einem Außentisch unvermittelt zur Theke umdrehte. Da entdeckte er ihren Blick. Einen Moment lang hielt er ihm stand, dann schaute sie schnell weg. Zufall, dachte er. Aber kurz darauf bemerkte er ihren Blick erneut. Diesmal sahen sie sich noch länger an. Nanu, was hatte das zu bedeuten? Als er zur Theke zurückkam, lächelte er sie an, neugierig, wie sie darauf reagieren würde. Silke lächelte ebenfalls.

Gut, gegen ein harmonisches Arbeitsklima war nichts einzuwenden. Aber als sie die nächste gemeinsame Schicht hatten, lief das Spielchen weiter. Silke guckte ihm nach und lächelte zurück, wenn er sie anlächelte. In einem unbeobachteten Moment schaute er sie sich noch mal genau an. Nein, sie hatte keine Modelfigur, das stimmte, aber hässlich war sie auch nicht. Wenn sie lächelte, wirkte ihr Gesicht freundlich, ganz anders als er das bisher wahrgenommen hatte. Ob er sie mal einladen sollte? Die ganze Schicht über dachte er darüber nach. Er wusste nicht viel über sie, die Sache konnte auch mit einer Überraschung enden. Wollte er das riskieren? Und selbst wenn sie zustimmen würde, selbst wenn sich etwas daraus entwickelte, wollte er so eine wie Silke?

Am Ende war sie es, die ihm die Entscheidung abnahm.

»Was machst du denn gleich nach der Schicht?«, fragte sie.

Er war so überrascht, dass er nicht antworten, sondern nur mit den Schultern zucken konnte.

Einen Moment lang sah sie ihm prüfend ins Gesicht.

»Ich gehe ins Kino, in die Schauburg nebenan. Da läuft ein spannender Film, wie ein Forscher mit einem Floß über das riesige Meer setzt. Darin sollen tolle Aufnahmen gezeigt werden.«

»Hieß das Floß Kon-Tiki?« Er hatte von dem Film gelesen.

Sie nickte. »Kann sein. Ja, ich glaube, so hieß es. Hast du Lust, mitzukommen?«

Jetzt spürte er doch die Unsicherheit in ihrem Blick. Sie

hatte sich weit vorgewagt und viel Vertrauen in ihn gesetzt. Ja, Kino, warum nicht? Er musste zwar weiter an einer Seminararbeit über frühkindliche Psychologie schreiben, aber das konnte er auch noch morgen tun.

Er nickte. »Ja, gerne.«

Die Erleichterung war auf ihrem Gesicht abzulesen.

Ihre Ablösung beim Bedienen kam so pünktlich, dass sie rechtzeitig in die Schauburg kamen. Ob sie das vorbereitet hatte? Er musste grinsen. Wenn sein Verdacht stimmte, war sie wirklich sehr umsichtig vorgegangen. Dann war auch endgültig klar, dass sie was mit ihm vorhatte. Wieder blickte er in ihr Gesicht und kam sich gleichzeitig blöd vor. Wie ein Warenprüfer musste er ihr vorkommen, wenn es ihr auffiele. Gemein wäre das, schnell versuchte er ein Lächeln. Sie lächelte zurück.

Um zur Schauburg zu gelangen, mussten sie an dem Café vorbei, in dem sich Berat aufhielt. Tatsächlich saß er wieder am Fenster, tat aber so, als würde er Sven nicht bemerken. Gott sei Dank, die Sache war für ihn endgültig gelaufen. Sollte Alex den Rest erledigen, irgendwie würde ihm das schon gelingen. Es fiel ihm ja auch sonst jede Menge ein, vor allem, wie man rumtricksen konnte. Sollte er seine Tricks doch bei Berat anwenden.

Der Film bot wirklich anregende Bilder. Ob Polynesien auch von Südamerika aus besiedelt worden sein könnte, darum ging es. Das Experiment mit dem Floß aus Balsaholz bewies, dass es möglich war. Von fliegenden Fischen, die jede Nacht an Deck sprangen, ernährte sich die Besatzung, Walhaie zogen vorbei. Sven starrte fasziniert auf die Leinwand, gleichzeitig spürte er, dass es immer öfter scheinbar zufällige Berührungen zwischen ihm und Silke gab. Schließlich ließ sie es zu, dass er seine Hand auf ihren Arm legte.

An diesem Abend passierte nicht mehr viel. Sie gingen ins Rigoletto, tranken ein Bier und erzählten sich Erlebnisse von ihrer Arbeit. Wie einer mal so besoffen war, dass er völlig mit dem Bezahlen durcheinander kam und zwanzig Euro Trinkgeld geben wollte. Welche Tricks dagegen andere anwandten, um nicht alles bezahlen zu müssen, was sie getrunken hatten. Indem sie Stein auf Bein schworen, dass sie wirklich nur zwei Bier und keine drei bestellt hätten. Oder dass jemand vorbei gekommen sei und ihr Bier ausgetrunken hätte, einfach so. Sie kannten die Geschichten alle, aber sie erzählten sie sich trotzdem und lachten. Silke erzählte gerne, stellte er fest. Sie schmückte ihre Geschichten bildreich aus, kam aber doch immer rechtzeitig zur Pointe. Zum Beispiel bei dem Mann, der seine beiden Kaffee nicht bezahlen konnte und sich zwei Stunden auf der Toilette versteckte. Eine blöde Idee, irgendwann musste er ja doch rauskommen. Die Art, wie sie das erzählte, gefiel ihm.

Sie verabschiedeten sich am S-Bahnhof und als er noch überlegte, was er zum Abschied sagen konnte, schlug Silke vor, so einen Abend zu wiederholen.

Vier Tage später war es so weit und diesmal landeten sie in seiner Wohnung. Sven schämte sich ein wenig, weil er nicht aufgeräumt hatte, aber Silke tat so, als würde sie es nicht bemerken. Dass es in ihrer Wohnung auch unaufgeräumt sein könnte, nahm er nicht an. Dazu war sie zu korrekt in allem, was sie tat.

Sie schmiegte sich an ihn, sie ließ sich küssen, kurz drauf landeten sie im Bett. Sie wollte der aktive Teil sein, merkte er, sie wollte ihn streicheln, küssen und am Ende auf ihm sitzen. Er ließ es geschehen, genoss es, wie sie sich auf ihm bewegte und schloss die Augen.

Als sie plötzlich begann, Luft durch die Zähne einzusaugen und dabei ein leicht pfeifendes Geräusch verursachte, stutzte er. Karla, dachte er, sie macht es wie Karla.

Silke merkte seine Verwunderung und hörte auf, sich zu bewegen.

»Ist was?«

»Nein, mach weiter. Es ist schön so.«

Sie bewegte sich wieder langsam, dann immer schneller, und er spürte, wie die Woge in ihm anrollte, wie sie sich auftürmte und ihn schließlich verschlang.

»Willst du nicht hier bleiben?«, fragte er sie später und spürte gleich den symbolischen Gehalt seiner Frage.

Ja, sie wollte. Von nun an blieb sie oft des Nachts bei ihm. Im Privaten war sie ganz locker, völlig normal, wenn auch ordentlicher als er. Während der Arbeit war sie korrekt. Gut, sie hatte die Verantwortung, sie verdiente zehn Euro die Stunde dafür, vielleicht würde er an ihrer Stelle nicht anders handeln.

23

Er fuhr wieder mit dem Zug nach Duisburg. Silke war dabei, es war selbstverständlich, dass sie mitfuhr, Sven hatte gar nicht mit ihr darüber reden müssen. Sie gingen den kurzen Weg vom Bahnsteig bis zur Unterführung, den er schon kannte und nicht vergessen hatte. Nicht in seinen Erinnerungen und auch nicht in seinen Träumen. Träume, die in letzter Zeit seltener geworden waren.

Als sie ankamen, standen schon Menschen in Gruppen oder einzeln unter der Brücke. Es waren längst nicht so viele wie vor einem Jahr, trotzdem war es mühevoll, sich einen Weg an ihnen vorbei zu bahnen. Vor allem war es aber nicht so laut wie damals. Bei weitem nicht! Still standen die Menschen nebeneinander, Ältere, aber vor allem Jüngere. Niemand hielt eine Rede, nur ein leises Gemurmel war vernehmbar. Viele lagen sich in den Armen, die meisten weinten. Sven kämpfte ebenfalls mit den Tränen, aber es gelang ihm, sie zu unterdrücken.

An einer Wand der Unterführung hingen Zettel mit Namen, Blumengebinde lagen davor. Einzelne Blumen waren auch mit Klebstreifen an der Wand befestigt worden. Jeder, der Blumen hinlegen wollte, suchte sich ein freies Plätzchen an den Rändern, so dass die Gedenkwand in beide Richtungen anwuchs.

Sven hatte keinen Zettel mit Karlas Namen vorbereitet. Jetzt, wo er sah, dass andere Angehörige es getan hatten, tat es ihm Leid. Er hatte zwei kleine Blumensträuße dabei, einen von sich und einen vom Opa.

Der Opa hatte sich geweigert, mitzukommen.

»Ich will den Ort nicht sehen, an dem meine Hoffnung untergegangen ist«, hatte er gesagt. »Geh du hin, du kannst noch Hoffnung haben. Du kannst den Ort nachher hinter dich lassen, aber ich würde immer dort bleiben, selbst wenn hierher ich zurückkomme.«

Sven hatte überlegen müssen, wie der Opa das gemeint hatte und schließlich geglaubt, ihn zu verstanden zu haben.

Der Opa war früh am Morgen gekommen, hatte ihm und Silke die Hand gegeben, dann den Blumenstrauß gereicht und war sofort wieder gegangen. Sven hatte bemerkt, dass Tränen in seinen Augen standen.

Er blickte sich unsicher zu Silke um, die schräg hinter ihm stehen geblieben war. Silke verstand seinen Blick und zeigte auf eine freie Stelle an der Wand. Ja, dort war der richtige Ort, um die Blumen niederzulegen.

Er wollte Silke den Strauß des Opas reichen, damit sie auch einen ablegen konnte, aber sie schüttelte den Kopf.

»Die Blumen musst du niederlegen«, sagte sie. »Karla würde das so wollen. Ich bleibe hinter dir stehen. Sie soll sehen, dass ich da bin. Irgendwann gehen nur wir beide hierhin, dann lege ich auch Blumen nieder.«

Einen Moment sah er sie erstaunt an, dann merkte er, dass er die Tränen nicht länger zurückhalten konnte.

Mit einem Blumenstrauß in jeder Hand näherte er sich der Wand.

»Ich bin gekommen, Karla«, sagte er, als er ganz nah vor der Wand stand. »Ich weiß, dass du hier irgendwo bist und dass du mich siehst. Es tut mir so weh, dass du hier geblieben bist, für immer an diesem schrecklichen Ort. Ich habe dich nicht vergessen, wie könnte ich das auch? Seit einem Jahr lebe ich ohne dich, aber du bist immer noch bei mir. In meinen Träumen bist du bei mir, in meinen Gedanken.«

Er legte den ersten Strauß nieder, den von dem Opa.

»Ich habe Silke mitgebracht«, murmelte er dann. »Du

sollst sie sehen, und du sollst auch, wenn du es kannst, einverstanden sein mit ihr. Der Opa hat mir gesagt, dass ich nicht allein bleiben soll. Ja, er war das. Und auf ihn hast du doch immer gehört. Ich soll dich von dem Opa grüßen, der erste Strauß, den ich niedergelegt habe, ist von ihm. Und dieser«, dabei bückte er sich und legte auch den zweiten nieder, »dieser ist von mir. Wir bleiben ein Paar, auf unsere Weise bleiben wir das. Ich nehme dich mit bei meiner Reise durchs Leben, du bleibst bei mir.«

Die Tränen rannen ihm über die Wangen, er spürte, dass es gut war, sie nicht zurückzuhalten. Er fühlte eine große Erleichterung und eine noch größere Nähe zu Karla.

Still stand er vor den Blumen, hinterher wusste er nicht, wie lange. Egal, er wollte die Nähe zu Karla spüren, möglichst lange wollte er das.

Als er sich umdrehte, blickte er zu anderen Leuten hinüber. Niemand schaute ihn an, alle hatten genug zu tun mit ihren eigenen Tränen. Mit ihren eigenen Erinnerungen.

Silke nahm ihn in den Arm, als er vor ihr stand. Sie sagte nichts, sondern drückte ihn nur.

Eine Zeitlang hielt er sich fest an Silke, dann drängte er darauf zu gehen. Erst als er schon fast auf dem Bahnhofsgelände war, fiel ihm ein, dass er sich gar nicht gefragt hatte, wer unter all den Leuten wohl der Vater gewesen war, der seinen Keller zum Weltraum umgebaut hatte.

Umschlaggestaltung: KNSY, Essen
Printed in Germany

ISBN 978-3-938834-70-1